不遇スキルの錬金術師、辺境を開拓する

Fugu-Skill no Renkinjyutsushi, Henkyowo Kaitaku suru

貴族の三男に転生したので、
追い出されないように
領地経営してみた

2

Tsuchineko

つちねこ

マリカ
天才錬金術師の女の子。
クロウを尊敬してやまない。
謎の美女
すべてが謎のベールに
包まれている。

Main Characters
主な登場人物
ローズ
クロウの幼馴染の女の子。
剣が得意。
クロウ
不遇スキル持ちのため、辺境に
追いやられた貴族の三男坊。
錬金術と前世を知識を生かして、
数々の奇跡を起こしていく。
ラヴィ
狼の魔物。
可愛い。

1　ゴーレムの訓練と周辺の調査

貴族の三男坊として生まれた僕、クロウ・エルドラド。

剣と魔法の世界に転生してきたのに、授かったスキルはこの世界では不遇《ふぐう》とされる錬金術《れんきんじゅつ》。この不遇スキルでは、貴族としては人前に立つことすらはばかられる。そんなわけで、僕の華々《はなばな》しい将来への道はあっさりと途絶《とだ》えてしまった。

でも、現代日本の知識を持つ僕には、このスキルがそこまで悪いものには思えなかった。

それで、僕についてきてくれることになった執事《しつじ》のセバスと相談しつつ、錬金術師である自分が生きる道を探していたんだけど、無情にも僕は父上から辺境地の開拓を命じられてしまうのだった――

そんな逆境にもめげず、前世の知識や錬金術を駆使して、僕は辺境の地――ネスト村を開拓していく。

しかしながら、ここは「魔《ま》の森《もり》」が近い土地。頑張って開拓した村にも容赦《ようしゃ》なく魔物の群れは襲いかかってくるわけで――

凶暴な魔物であるブラックバッファローの大群が村を呑み込まんとした時、僕は超巨大なゴーレム――ギガントゴーレムを錬成《れんせい》した。そのゴーレムのパワーは想定以上で、あっという間に魔物の大群を殲滅《せんめつ》してしまったのだ。

その後、ネスト村ではゴーレムの利便性を生かすために、他の錬金術師たちでも操れる小さなゴーレムを錬成していくことになったんだけど……

◇

「すみません、錬金術師様。この作物を広場まで運んでもらいたいのですが……」

「はい、お任せください。ゴーレムを動かす訓練にもなりますので、重い物がある時はいつでも声を掛けてくださいね」

村人のお願いを錬金術師が聞き、ゴーレムにあれこれやらせている。

なぜこんなことをさせているかというと、ゴーレムは村を守る戦力としてそれなりに期待できそうだとわかったから。ゴーレム自体を造ったのは僕だけど、そのゴーレムに各々が魔力を込めれば、僕と同じように操作可能なのだ。

現在ゴーレムの数は十体で、十人の錬金術師が作物の収穫を手伝ったりしている。春にはエルドラド家お抱えの商人であるスチュアートがゴーレムの元となる魔石《ませき》を持ってきてくれるらしいので、ゴーレムの数も更に増えるだろう。

「――ということで、今日は魔の森へ魔物を討伐《とうばつ》しに行きます」

「ま、魔の森ですか……」

僕の宣言に、錬金術師の一人であるジミーが怯《おび》えている。

他の錬金術師たちも同じように怖がっているけど、村の広場にあったブラックバッファローの山盛りの骨を見たからだろうな。大量の魔物が棲《す》む魔の森は畏怖《いふ》の象徴でもあるし。

怖がる気持ちもわかる。けれど、ネスト村防衛の観点からいうと、今後ゴーレム隊は敵を迎え撃つ要《かなめ》となる。だからこそ、それを操《あやつ》ることのできる錬金術師たちの訓練は大事なのだ。

僕は彼らを安心させるように言う。

「錬金術師は今まで戦闘と無縁《むえん》だったから慣れるまでは大変だと思うけど、自分が戦うわけではないからさ」

「そ、そうですね」

ジミー、怖がりすぎだってば。でも万事において慎重派の彼からしてみたら、とんでもない冒険なのも理解できる。

「今日は深い所までは行かないし、『疾風の射手《しっぷうのしゃしゅ》』の三人が護衛してくれるから安心してよ」

疾風の射手というのは、Bランク冒険者のパーティで、リーダーである弓使いのヨルド、同じく弓使いのネルサス、魔法使いのサイファの三人からなる。任期を延期して、三人ともネスト村に残ってもらっていた。

ちなみに今回の討伐に、僕の幼馴染《おさななじみ》で、ネスト村に長期滞在しているローズは参加していない。一日休憩するとのことで、朝から子狼のラヴィと広場で遊んでいるのだ。

この前、スチュアートが骨を投げながら、ラヴィと遊んでいたのをうらやましそうに見ていたので、今頃、楽しく骨を投げまくっていることだろう。村の子供たちとも一緒に楽しく遊んでくれていると嬉しいな。

僕には、せっかくの休みの日に早起きするという考えがないため、それはそれで尊敬してしまう。休みなら昼まで寝てればいいのにね。

みんなで歩いていると、ジミーが愚痴《ぐち》っぽく言う。

「魔の森まで歩くのも大変ですね……クロウ様とマリカだけずるい」

「ジミー、錬金術師といえども、少しは体力をつけた方がいいよ」

ポーション作りばかりしていると、部屋に籠《こ》もりがちになり運動不足になる。なので、こうして歩くのも悪くないのかもしれないな。

と言いつつ、僕とマリカはギガントゴーレムの肩に乗せてもらっている。マリカは十四歳で、僕もまだ十二歳。ジミーには申し訳ないけど、僕らは成長期だし、あまり激しい運動は体によくないと思うんだよね。

それ以前に僕らのギガントゴーレムに比べて、錬金術師たちが操るゴーレムは小さく、人を乗せることはできない。ゴーレムに馬車を引かせ、それにみんなが乗り込むっていう案もあったけど、これは訓練であり健康のためでもあるので却下する。

「そろそろ魔の森ですので、集中してください」

僕がそう言うと、ヨルドとネルサスが弓を準備し始める。ここに出没する魔物のワイルドファングはスピードが速いので、早めに見つけないと対処できないのだ。

「今日はラリバードの雌《めす》を確保しつつ、ワイルドファングを狩っていきます」

「ほ、本当にワイルドファングに勝てるのでしょうか」

ジミーが心配そうに問う。

素手《すで》のゴーレムでワイルドファングに勝てるのか。自信がないのはわかるが、やってみればすぐに理解するだろう。普通に動かせれば余裕だ。

もちろん操作の腕次第だろうけど、僕が試した感じではゴーレムは小回りが利く分、扱いやすさは抜群だしそれなりにパワーもある。

「マリカならあっさり倒す気がする。あと、ジミーも自信さえ持てばすぐに慣れると思うよ」

僕がそう言うと、マリカもジミーも安心したようだ。それからマリカは何か思いついたように言う。

「クロウ様、あまり運動に慣れていない錬金術師です。魔の森に入る前に一度休憩しませんか？私も少し喉《のど》が渇《かわ》きました」

「うん、そうだね。初日だし、緊張をほぐすためにも休憩しつつ、試しに狩ってみたいから、疾風の射手にワイルドファングを連れてきてもらおうか」

僕の言葉に、疾風の射手のリーダー、ヨルドが応える。

「かしこまりました。では、クロウ様。我々は、はぐれのワイルドファングを誘導してきます」

「うん、よろしく。ジミーはゴーレムの戦闘準備を」

「わ、私だけ、休めないのですね……」

落ち込むジミーに続いて、マリカが言う。

「では、私は皆さんにお茶をお配りしてきますね」

「うん。よろしくマリカ」

ん？　ネスト村にお茶なんてあったっけ。スチュアートからもらってたのかな。いや、お茶があるなら僕に話ぐらいあるはず。たぶん、ただの水かな。

その後、マリカから渡された水筒から一口飲み、僕はマリカの言うお茶の意味を理解した。

「マリカ、これ、Ｂランクポーション！」

全員に配られていたのは、薄紅色《うすべにいろ》のBランク回復ポーションだったようだ。

一本いくらするか知っているのか？　いや、まあ原価はほとんど掛かってないんだけどさ。

マリカは僕に向かって、無邪気《むじゃき》な笑みを見せる。

「はいっ。大事な訓練と聞いたので、ジミーから許可をもらっております」

ドヤ顔でピースサインをするのはやめてもらおうか。ジミーの方に顔を向けると、彼は言い訳するように話す。

「い、いえ。万が一怪我などをした場合に備えてのことだと思ったので、許可を出したのですが、まさか水分補給として使うとは……」

やけに荷物が多いと思っていたが、そういうことだったのか。

僕は嘆息《たんそく》しつつみんなに指示する。

「えーっと、全員そのポーション、半分ぐらいは残しておいてね。万が一に備えるように」

錬金術師たちはBランクポーションを口にし、それぞれ驚いていた。

「そ、それにしても美味《おい》しい。これがBランクポーションの味なのですか……」

「はあ？　土下座しなさい。馬鹿なんですか？　違いますよ。これはクロウ様の作るBランクポーションです。普通のポーションがこんなに美味しいわけありません！」

理不尽《りふじん》にマリカに叱《しか》られる錬金術師たち。今のどこに怒りポイントがあったのかはわからないけど、きっと逆らわない方がいいな。

「す、すみません、マリカさん」

そして思わず歳下の少女に、さん付けで謝る大人たち。

まあ、錬金術師としての能力では、マリカが頭一つ抜けているのは事実なんだけどね。

「わかればいいのです。私たちが目指す頂《いただき》がどこにあるのか理解しなさい。ただBランクの物を作ればいいのではありません。この味を目指すのです！」


そんなトラブルがありつつ森の手前で休憩を取っていると、疾風の射手の三人が魔の森から飛び出してくるのが見えた。

僕はジミーに声を掛ける。

「ジミー、準備はできてる？」

「だ、だ、大丈夫です」

とても大丈夫そうには見えないけど……まあ、みんなも見てるし、最初は僕がお手伝いしてあげよう。

森から出てきたのは、ワイルドファングが二頭。

「僕が一頭を受け持つので、残りをよろしくね」

「は、はいっ！」

疾風の射手とすれ違うように、ジミーの操るゴーレムが前に出る。

一応はちゃんと動かせているか。さすがはジミーだ。

僕は錬金術で魔法を繰り出す。

「錬成、アースニードル！」

「ギャウンッ！　ギャアン！」

僕のアースニードルは、棘《とげ》一つだけに抑えられるまで進化した。これで無闇《むやみ》に虐殺《ぎゃくさつ》することはないはず。うん？　これは退化になるのか。

「えっ……」

「ジミー、集中して」

「あっ、はい。すみません」

立ち塞《ふさ》がるジミーのゴーレムに向かって、飛びかかってくるワイルドファング。

スピードは速いが、目で追えない程度ではない。ジミーのゴーレムが左の拳《こぶし》を振り上げ――勝負は一瞬で決まった。

魚臭《くさ》いゴーレムの左アッパーがワイルドファングを吹き飛ばし、首の曲がった狼が地面に落ちてくる。

ドサッ。

「おおおぉぉ！」

「さすがはジミー氏」

「すごいぞ、このゴーレムなら我々も魔物と戦える」

小さな体の割に力強いゴーレムだ。ギガントゴーレムには敵《かな》わないけど、二、三体で囲めばブラックバッファローも倒せるかもしれない。

「ジミー、お疲れ様。疾風の射手もありがとうね」

「思っていた以上にパワーがありますね。これならば十分に戦えそうです。魔力もほとんど減っていません」

慎重派のジミーからお墨付きをいただいた。この感じなら他の人でも問題なさそうだね。この活躍を見れば、村人からのお供え物の魚も一段と増えるに違いない。

そのせいで、ジミーのゴーレムは魚臭《くさ》いんだが……。

「それじゃあ、ゴーレム部隊の進軍を開始しようか」


その後はラリバードを捕獲したり、ワイルドファングを吹っ飛ばしたりしながら順調に狩りを進めていった。

ゴーレムはそこまで大きくないので、森の中でも不自由なく動けている。逆にギガントに乗っている僕は奥まで入ることができず、森の浅瀬で降りることになった。

「問題があるとしたら、錬金術師たちの体力だね」

「面目ございません」

魔の森までゴーレムを動かしながら歩いて、慣れない森の中で戦闘経験までしたわけで、ほぼ全員が午前中のうちに体力が切れていた。

そりゃそうなるか。ゴーレムがいるとはいえ、周囲を警戒しなければならないのは精神的にも来るものがあるしね。

「最初の休憩でポーションを半分飲まなかったらもう少し動けたかな」

収穫としては、全員がワイルドファングを倒せたことか。狩人《かりゅうど》チームと組めば、かなり安全に戦えるし、村の防衛力も相当上がったといえる。

何よりも、ゴーレムは人が直接戦うのと違い、怪我《けが》の心配をしなくてもいい。多少壊れたとしてもすぐに僕が直せちゃうからね。ゴーレムを動かすために目で見える範囲にいなくちゃならないけど、弱点はそれぐらいなのだ。

魔力がある限り動き続けるので、農作業の労働力としても期待できる。

あと、今後は村周辺の調査も進めるべきかもしれないな。敵対する可能性のある種族や魔物は早い段階で叩いておきたい。

「それじゃあ、そろそろ戻ろうか」

「すぐに準備させます」

ちなみに本日一番の活躍を見せたのは、予想通りマリカだった。ワイルドファングの群れに突っ込み、操るゴーレムであっさり全滅させてみせた。

やっぱり錬金術の熟練度が、そのままゴーレムの戦闘力になると考えていいのかもしれない。

「マリカ、明日からネスト村周辺の調査をするから、付き合ってもらえるかな」

「ギガントゴーレムに乗れるんですか？」

「うん、ギガントゴーレムとマリカのゴーレムで調査してみるつもり。一応、もう一人護衛を付ける予定だけど」

ヨルドかネルサスのどちらかがいれば、セバスも許してくれるだろう。というか、ギガントゴーレムより上の戦力ってないんだけど、護衛って必要かな。

「かしこまりました。準備はお任せください……」

全然任せられない感じなんだけどたった一日だし、まあいいか。人数も少ないから、ポーションを用意するにしてもやりすぎることはないだろう。

それはさておき、何だかんだ気になるのは、やはり沼リザードマンのことだ。最終的に命は助けてあげたわけだけど……とはいえ、僕たちのことを恨《うら》んでいるのは間違いない。

今日の訓練で、たとえ彼らが攻めてきたとしてもゴーレムで圧勝できることはわかった。それでも、二度と関わりたくないぐらいに、最強のギガントゴーレムを見せておいてもいいかなとか思ったりしている。

ギガントゴーレムで動き回ればかなりの範囲を探れるだろうし、沼リザードマンが向かった北方面を中心に探ってみようと思う。

たまにはラヴィも散歩がてら連れていってあげようかな。骨遊びを始めてからかなり体力がついてきた気がする。寝てるよりも走り回っている時間の方が多くなってきているもんね。

◇

「ラヴィも行くんでしょ？　それなら私も一緒に行くわ。ヨルド、あなたたちは魔の森へ行ってきなさい。私はラヴィと周辺の調査に行くから」

「では、我々は狩人チームと合同でラリバードの捕獲とワイルドファング狩りに行きますね」

ローズに指示され、ヨルドが何かごめんなさいって感じで僕に頭を下げてくるが、気にしないでいい。ローズがいた方が心強いのは確かなのだ。この子、普通に強いからね。

強いて言うなら、ローズは食いしん坊だから、お弁当に気を使わなければならなくなったぐらいか。

「マリカ、お弁当は僕が準備するからそれ以外の物を頼むね」

「お任せください」

「でも、ローズが魔の森以外に興味を持つなんて珍しいね」

「また沼リザードマンみたいなのがいたら困るでしょ。クロウは、あーいうのを相手するのが苦手っぽいし」

なるほど、十二歳の少女に気を使わせてしまったらしい。うーん、弱みを見せてしまったのは失敗だったかな。曲がりなりにも領主なので少しは強くなっていかないと。

「ありがとう、ローズ」

「ディアナが来たらあんまり無茶できなくなるし、ちょっとした気分転換よ」

ディアナっていうのはローズの従者なんだけど、ローズを溺愛《できあい》しているから彼女が危ないことをするのをよしとしないのだ。

というわけで、僕、マリカ、ローズ、ラヴィという三人と一匹による周辺調査がスタートすることとなった。三人でギガントゴーレムの肩や手のひらに乗っかり、ラヴィは久々に歩くネスト村の外を満喫《まんきつ》するかのように鼻をスンスンさせていた。

お弁当には塩で味付けした玉子焼とラリバード肉のから揚げ、柔らかく焼き上げたパンを準備した。冷めても美味しい料理ってなかなか難しいよね。

「それで、北から調査するのかしら？」

「うん、そうだね。まずは沼リザードマンの状況を確認しておきたい」

沼リザードマンの集落があった場所は、ネスト村から北へ十キロほど進んだあたり。そこから更に川沿いに北上していったはずなので、二十から三十キロ行けば見つかると思っている。

「クロウ様、沼リザードマンを見つけたらどうするんですか？」

「何もしないよ。ギガントゴーレムで顔を出すだけで、十分な精神的圧力を与えられると思うんだ。もちろん、またゴブリンを使役《しえき》していたり、怪しい行動をしていたりするようなら叩いておくけどね」

「クロウ様、私のゴーレムで偵察《ていさつ》とかが必要でしたらおっしゃってくださいね」

「うん。その時は頼むね、マリカ」

「クロウ、結構なスピードで歩いていると思うんだけど、何でそんなに揺れないの？」

「揺れないように操作してるからだよ」

「はあ……」

「ローズ様、クロウ様はこれぐらい居眠り操作でも可能です」

揺れるより揺れない方がいいだろうに、盛大にため息をつかれてしまった。

ギガントゴーレムは僕たちを乗せているので、極力揺れないように膝《ひざ》や足首で揺れを吸収しながら進んでいる。こういう細かい技術は、他の錬金術師たちにも学んでもらいたい。

これぐらい快適なら、馬車に揺られるよりもギガントゴーレムを選んだ方が間違いない。まあ、乗れても四人ぐらいまでだろうけどね。

「結構な高さなのに安定感があるから、本当に寝てしまいそうよね」

「なるほど、枕でも持ってくれれば調査のふりしてお昼寝ができるかもしれない。ローズ、その案はいただいたよ」

「セバスさんに話しておくわね」

「ちょっ、それは」

味方だと思っていたら、こやつ敵だったか。

ちなみに散歩に飽きたラヴィは、僕の膝《ひざ》の上でお昼寝をしている。まあ、いつの間にか沼リザードマンがいた元集落が見えてきたので、ラヴィ的にもそれなりの距離を走ったことになるのかな。

「あそこが集落のあった場所ですね……」

沼地だった場所は、今は硬い土で覆われている。何かしらがまた棲《す》み着かないようにサイファに念入りに焼いてもらったのだ。もちろん、僕も一緒に手伝ったけどね。

集落跡地には、焼かれたゴブリンや沼リザードマンの骨が散らばっており、いかにも戦場の跡といった感じに見える。いや、戦場の跡で間違いはないんだけど。

「さて、ここから川沿いに北上していくよ」

泥好きの沼リザードマンだけに、川沿いを進めば簡単に発見できるだろう。彼らは生きるうえで水と泥が必須だ。

そうして川沿いを調査していったけど、結局その姿を発見することはできなかった。

「野垂《のた》れ死《じ》にしてないだけよかったじゃない。いないということは、どこかで生きてるかもしれないんだから」

「それもそうだね。それにこれだけ北上しても見当たらないということは、もう敵対する気持ちがないと見てもいいだろうから」

　ということで、そのまま東に進路を取りつつ周辺の調査を再開することに。

　それにしても調査はしてみるもので、結構な頻度でゴブリンを見かける。最初は張りきっていたローズもあまりの頻度に辟易《へきえき》していた。

「村に近寄らないからとはいえ、こんなにもゴブリンがいたことに驚きだわ」

　一体見つけたら周辺に三十体はいると言われている。まさに、ゴキブリのごとくたくましい繁殖力だ。

　やはり、定期的な駆除は必要に思える。体力のある錬金術師とゴーレム隊を編成しなければならないか。

「ラヴィ、それ汚いからペッしなさい。もうすぐお昼なんだから我慢するの」

　斬り伏したゴブリンの腕を咥《くわ》えて戻ってこようとしたラヴィを、ローズがしつけていた。

　この世界ではゴブリンは食べられていない。食料にもならず、討伐アイテムとしても頭の角《つの》ぐらいでほとんどお金にもならない。そうか、お前たちも不遇な魔物なのだね。

　まったく、ラリバードを見習ってほしいよ。肉となり卵を産み、その羽毛は布団や枕になるんだから。

　その後、少し遅めのお昼ご飯を食べていたら、前方から旅人らしき二人組の姿が見えてきた。ずんぐりむっくりと横に大きい体型は、おそらくドワーフと呼ばれる種族で間違いないだろう。

「あれって、ドワーフよね」

「ドワーフですね」

「何でこんな所にドワーフがいるの？」

ギガントゴーレムの大きさに驚いて、こちらを目指して歩いてきたように思える。

「あ、あれっ。ひょっとしたら、ノルドさんとベルドさんかもしれません」

「えっ、マリカの知り合い？」

「はい、私が王都でポーションを作っていた時の仕入れ先のドワーフ兄弟です。ポーション用のガラス瓶《びん》をお願いしていたのです」

どうやら向こうもマリカに気づいたようで、大きく手を振りながらマリカの名前を呼んでいる。

ドワーフ族は大きな街で見かけることはあるけど、数はあまり多くない。手先が器用で力もあるため、武器や工芸品などを販売して生計を立てている者が多いと聞く。

ドワーフ兄弟が声を掛けてくる。

「おおー、マリカ。わしらもネスト村に移住することにしたんじゃわい。移民用の馬車が狭そうだし、出発まで時間が掛かりそうだったからのう。先にベルドと二人で来たんじゃ」

「マリカが移住を決めた時に、実はわしらも開拓村に行こうかって話をしておったんじゃよ」

「えーっと、先にご紹介させてくださいね。こちらは、ネスト村の領主のクロウ様です。隣にいるのは、ランブリング子爵家のご令嬢でローズ様です」

マリカがそう言うと、ネスト村に移住希望だというドワーフ兄弟は僕を見て、いぶかしげに目を見開く。

「こ、このちっこいのが領主なのか」

「ぬおっ、開拓村は大丈夫なのか？　い、いや、でも、このとんでもない大きさのゴーレムがあるなら何とでもなりそうか……」

それからギガントゴーレムに興味を移したドワーフ兄弟。二人はぺたぺたとギガントゴーレムを触りながら調べ始めた。

「ノルドさん、ベルドさん、ゴーレムはあとでいくらでも触っていいから、まずはちゃんと挨拶《あいさつ》をしてください」

マイペースなドワーフ兄弟を見ていると、マリカがすごく普通の人のように思えるな。

「おー、すまんのう。わしらはドワーフ族のノルドと」

「ベルドじゃ。できることならネスト村で働かせてもらえんじゃろうか」

マリカの知り合いなら大丈夫だと思うけど、一応鑑定はしておこう。


【ノルド】

ドワーフ。二百歳。男。

ガラス瓶から武具まで幅広く扱うオールラウンダー。お酒が大好きで軽いアルコール中毒。ベルドとは兄弟で仲がよい。


【ベルド】

ドワーフ。二百歳。男。

手先が器用な職人。ノルドの作る製品の仕上げを担当している。お酒は量よりも度数派。最近、飲まないと手の震えが止まらない時がある。ノルドとは兄弟で仲がよい。


とても酷《ひど》い鑑定結果を見てしまった。

二人ともアル中じゃねぇか！

僕が呆れていると、マリカが言う。

「腕の方は私が保証しますよ」

「……うーん、ネスト村としても、ガラス瓶を領都のバーズガーデンから運び入れるよりも現地で作った方がコストを抑えられるんだけど」

「じゃあ！」

「ええのか！」

テンションの高い二人に、僕は頭を抱えつつ尋ねる。

「一応聞くけど、今までお酒で周囲の人と問題を起こしたことはない？」

「ぬおっ」

「な、なぜ、それを！」

「クロウ様、フォローするわけではないですけど、仕事の納期はちゃんと守りますよ。二人は鍛冶《かじ》もするので、住む場所を村から離れた所にすれば、迷惑を掛けることはないと思います」

またしてもマリカが普通の人に思えてしまう不思議。

人はダメな人を反面教師にして成長していくのかもしれない。つまり、少しダメな大人がいた方が村としてもいいのか？

まあ、鍛冶をするなら大きな音もするだろうし、お酒が入って騒いでも家が離れていれば問題も起こりづらいか。念のため、防音の土壁とかで家を覆ってしまってもいいかな。

二人とも自慢の髭《ひげ》を触りながら、落ち着きがない様子。ここまで歩いてくる間に受け入れてもらえないという可能性は考えていなかったようだ。

僕は嘆息しつつ告げる。

「採用するよ。ドワーフ族がこんな辺境に来てくれるだけでもありがたいからね」

たとえアル中であろうとも、ドワーフに来てもらえるのは助かる。それに、二百年近く生きてきて軽いアルコール中毒で済んでいるなら、意外と大丈夫なのではないかなとか考えなくもない。

デトキシ草でモヒートっぽいお酒でも飲ませれば、健康になるかもしれないよね。ネスト村では水と同じぐらいの感覚でポーションが飲めるし。

「ふぅー、まさかここまで来て王都に逆戻りしなければならないかと思ったら……ゾッとしたわい」

「それにしても領主様に、何で我らの酒好きを見抜かれたのやら……」

そこへ、マリカがツッコミを入れる。

「そんなの、あなたたちから酒の匂いがするんだから誰でもわかるわよ」

「きゃう！」

匂いに敏感なラヴィとは相性がよくなさそうだ。どうやらアルコールの匂いは好きじゃないらしい。

「それじゃあ、ネスト村に戻ろうか。ノルドとベルドの家も造らないとね」

「ここからネスト村まではどのくらいなのじゃ？」

「さすがにもう疲れてしもうてな……」

この二人、どうやら近くのラグノ村まで狭い乗合の馬車で我慢して来たものの、そこからは歩いてネスト村を目指していたらしい。

道も合ってるのかわからないまま、川沿いに北上してきたのだという。

「ゴブリンとか、いっぱいいたでしょ」

「おったおった。全部返り討ちにしてやったわい。のう、ベルド」

「おうよ、ノルド。わしらの斧《おの》の前では敵ではなかったわ」

肩に担いでいる大きな斧は大活躍だったようだ。それなりに戦えなければ、こんな辺境まで来ようなんて考えないか。

「ギガントゴーレムの手のひらでよければ乗せていくよ。その方が早いし、僕たちも助かる」

「それはありがたい。村に着いたらお礼にとっておきの酒を開けよう」

いくら種族が違うといえども、僕の年齢ぐらいはわかるだろう。この歳でまだ酒は早すぎるんだけど。

「クロウ様、同じテーブルで食事をしてお酒を飲み交わすのは、ドワーフたちにとっての友情の証《あかし》なのです。あっ、クロウ様の分はお酒の代わりにポーションを用意しておきますね」

なるほど。でも、それなら水でいいんだけど……

◆

エルドラド家当主である私――フェザントは、息子クロウの一連の活躍を聞き、素直に喜ばしく感じていた。

「しかしながら、クロウがAランクポーションを作るとはな……」

薬草を畑で育てる計画は、以前から聞かされていた。もちろん、そんなことができるとは思いもしなかったのだが……本当にやってのけてしまうとは。

加えて、魔の森から土ごと持ってくるという話だったが、それはせずに畑に魔力を混ぜ込むという、到底信じられないことをしたという。

しかも、その畑で育った薬草のほとんどは質が高いらしい。

当初は、ネスト村は危険な場所にあるため、クロウを行かせることには反対していた。だが、ポーション作りに必要な材料の一つである水の入手という点で、その地より優れた場所はなかった。あそこはキルギス山系の良質な水が湧き出てくる。水は、ポーション販売を柱に考えていたセバスとクロウにとって、譲れないところだったのだ。

結局、セバス、次男のオウルの二人に加えて、Bランクの冒険者パーティという頼りになる護衛を用意できたので、クロウの身の安全も大丈夫だろうと判断したのだが……

「今のところは順調すぎるぐらいか。魔の森が近いのでまだ油断はできないだろうがな……」

「何だ、また息子の心配か？」

声に出したつもりはなかったのだが、独り言になっていたらしい。

私は、目の前にいる公爵様に謝罪する。

「失礼いたしました。ローゼンベルク様」

今、私は、ローゼンベルク公爵の王都邸の一室にて、打ち合わせをしていた。まさかこの短期間で再び王都に戻ってくることになるとは。

ローゼンベルク様が笑みを浮かべて告げる。

「いや、何、お前の子供たちは才能に溢《あふ》れていてうらやましいな。長兄は魔法に優れ、次兄は剣術に秀《ひい》でている。そして、不遇スキルを授かったと思われていた三男が、何とAランクポーションを作るとはな」

Aランクポーションは市場価格として、一本七千万から一億ギルにもなる。オークションに掛けたらもっと高額で落札されることもあるのだ。

私は謙遜《けんそん》しつつも事実を言う。

「話では、月に数本は作れるだろうとのことですが、しばらくは伏せておきましょう」

「そうだな。ポーションについては、すぐにバーズガーデンにも探りが入るだろう。見つかったらクロウ・エルドラドも狙われかねないぞ」

クロウが狙われる……それは、私も危惧《きぐ》していたことだった。不遇とされるスキルを授かっただけでなく、Aランクポーションが作れるが故に危険に晒《さら》されることになるとは。

「お、おいっ、落ち着け。テーブルが壊れるだろう」

「も、申し訳ございません。つい手に力が入ってしまいました」

無意識にテーブルを叩きつけてしまったらしい。

Aランクポーションの回復の効果は、欠損した四肢さえ復活させる。難病や奇病からの回復も記録されている。公爵様の家といえども、持っているのはたった一本だけ。それだけで、Aランクの希少性を理解できるだろう。

そんな奇跡のポーションを何本も作れてしまうというのは、我が子ながら末恐ろしい。

ローゼンベルク様が淡々と話す。

「手紙でも伝えたが、派閥拡大のためにまず二本だけ使わせてもらう。フリードリッヒ侯爵の末娘が難病で苦しんでいるのは知っているだろう。それからここだけの話だが、オーウェン伯爵の後継が腕を失くすほどの重傷を負ったと情報が入った」

「オーウェン伯爵の後継というと、アレックスですか」

アレックス・オーウェンといえば、王都で行われた剣術大会において、決勝でオウルと戦った相手だ。最終的にオウルが勝ったのだが、その差は僅《わず》かだった。

あれだけの才能を秘めた者が腕を失くすとは……惜しいな。オーウェン伯爵もつらい思いをしているはずだ。

「騎士学校が間もなく入学の時期を迎える。片腕でやっていけるほど甘い世界でないことは、お前もよく知っているだろう」

「そうですね。私も騎士学校出身ですから理解しているつもりです。いくら才能に恵まれていたとしても……」

「しかしながら、情でポーションを渡すつもりはない。王も若くはない。次世代の王をお守りするためにも派閥の拡大は必至だ」

「おっしゃる通りです」

「私はフリードリッヒ侯爵に会いに行く。フェザントはオーウェン伯爵のもとへ行ってもらえるか。すでに話は通してある」

「かしこまりました」

「いいか、条件は一切変えるつもりはない。ポーションが欲しければ私の派閥に入れと。入らないのであれば、この話はなかったことにする」

「ええ、もちろんです」

続けて、ローゼンベルク様は話題を変える。

「それから、ラヴィーニファングの死体についてだが……王宮に運び入れるのはいつ頃になる？」

「明日には届けられそうです」

「そうか。では、明日は登城の準備をするように。買い取り額と魔の森について説明を求められるはずだ。打ち合わせ通りに頼む」

「はっ」

あと一つ、ラヴィーニファングのことで伝えなければならないことがあった。

言わないというのも手だが、あとで見つかった場合に面倒なことになる。貴族間での信頼というのは何よりも重い。

「ローゼンベルク様、ラヴィーニファングについてもう一つよろしいでしょうか」

「な、何だ？　まだあるのか？」

「死体の近くで、ラヴィーニファングの子供と思われる個体を発見し、現在ネスト村で保護しております」

「なぜ魔物を保護する？　わかっているのか、Aランクなのだぞ。すぐに殺させ……って、おいっ、何でお前がそんな顔をするんだ」

自分でも、何でこんな態度を取ってしまったのかはよくわからない。辺境の地で頑張っている息子のために、少しでも力になってやりたいと思ってしまったのか。

私はムッとした顔で言い放つ。

「息子は、判断を委《ゆだ》ねると言っておりますが、どうやら育てたいと思っているようなのです」

「そんなこと知るか！　わかってるのか、Aランクなんだぞ。それに危害が及ぶのはお前の領地だろうが」

「わかっております。我が領地内でのことなので、内密に願いたいと思っております。もちろん、問題があればエルドラド家で全力を尽くし対処します。それでも反対なされるのであれば、ポーションの件はなかったことに……」

ローゼンベルク様の顔に恐れが浮かんだ。

「も、もうよい……そんな報告は受けてないし、聞いてもいない。それでいいのだろう！　そもそも、それはワイルドファングの亜種のシルバーファングだ。そうに違いない」

「よろしいのですか？」

「ポーションを口に出しておいてよく言うわ。そのＡランクが手に負えない場合はすぐに報告しろ。手練《てだれ》を集めるぐらいは手伝ってやる」

「ありがとうございます」

2　移民団の到着

季節は秋を迎え、畑からは多くの収穫が集まる。やはり、魔力を大量に含んだ黒い土は栄養もたっぷりで、実りも多いようだ。

セバスが、僕、クロウに話しかけてくる。

「豊作でございますね、クロウお坊ちゃま」

「うん。薬草だけでなく、普通の作物にも、土の影響があるのは嬉しい誤算だったね」

作物の数も増え、ラリバードの数も順調に増えている。ネスト村も移民がやって来ることで更に活気づくことだろう。

そう、移民団の馬車が本日やって来るのだ。

「見えてきましたな。三百名の大所帯でございます」

「条件はよいとは思うけど、よくこんな辺境まで三百人も来ようと思ったよね」

「それだけ他の土地も苦しいのです。冬越えを保証しただけでも飛びつく者は多いのかと」

「そうか。とりあえず来た人はどんどん鑑定していくから、並ばせておくように頼むね。それからネスト村の人たちには、新しく来た人たちに、ここでの生活の仕方などのレクチャーを予定通り進めてもらって」

「すでに手配済みでございます。ところで夜に行われる歓迎会は、ネスト村の広場でよろしかったですか？」

「うん。バーベキューやピザ窯《がま》の使い方も覚えてもらいながらの方がいいだろうからね」


そうして鑑定した結果としては、全員まったく問題なしだった。

まあ、よく考えてみたら、わざわざ辺境まで来て、悪さをしようとか考える人の方が珍しいか。

もちろん、ネスト村が更に発展してもっと人が増えたりしたら、悪い輩《やから》も出てくるのかもしれない。それでも今のところは、そのような心配はしなくてもいいらしい。

村長のワグナーが移民団を前に話す。

「それでは皆さん、お疲れでしょうから住む場所を先にご案内します」

「ほ、本当に住む場所を与えてもらえるのですか？」

「全ての家族分を用意してあります。案内がてら、キッチンやトイレの使い方からレクチャーしていきますね」

ワグナーの他にも、ラリバードの飼育を任せているケンタッキー、狩人チームのリーダーのカリスキーたちも総出で手伝っている。彼らも辺境でともに助け合い、戦ってくれることになる仲間が増えて喜んでいる。

「その前に一つお話があります。村の入口近くの畑や土壁の周りにはゴーレム様がいらっしゃいます。こちらには毎朝のご挨拶とお供《そな》え物を必ず用意するように」

「あ、挨拶とお供え物ですか……」

「はい、このゴーレム様は外敵から村を守ってくれる守り神であり、畑の収穫から運搬までお手伝いしてくれます」

「こ、この、ゴーレムが農作業を手伝ってくれるのですか⁉」

「実際に動かすのは錬金術師様です」

「えっ、錬金術師って、ポーション作りの不遇スキル職ですよね。その錬金術師がゴーレムを動かすのですか！」

「この村は錬金術師様のおかげで、よりよい生活が送れていると言っても過言ではありません。錬金術師様とゴーレム、そしてこの村の領主であられるクロウ様には、頭を下げて感謝の気持ちを伝えてください」

あれっ、何かおかしい。

そういえば、最近やけに丁寧に挨拶される気がしてたけど、まさか……

「セバス、これはどういうことなのかな？」

「ネスト村の人々による感謝の気持ちなので、無下《むげ》にするのも悪いかと思いまして……一応、感謝の気持ちは心の中で言うようにと伝えておるのですが」

そういえば、錬金術師たちも戸惑っていたな。でも、彼らの中では自分たちじゃなくて、ギガントゴーレムや僕に対しての過剰な気持ちが、同じ錬金術師である自分たちに向けられているだけだと理解したようだが。

大丈夫だとは思うけど、一応、錬金術師たちが変に増長《ぞうちょう》しないように気をつけよう。まあ、不遇職だけに、調子に乗ることはないと思うけどね。

「あの、あれは何ですか？」

小さな子供が広場に設置されている遊具に気がついたようだ。わかるよ、よくわからないけど、テンションが上がるんだよね。

「あれはクロウ様がお造りになった遊具です」

「ゆうぐ？」

「はい、滑り台にジャングルジム。それから新作のブランコです」

「す、すごーい！　遊んでもいいの？」

「はい、どうぞ」

子供たちが楽しそうに駆けていくのを、大人たちが微笑んで見ている。

そのまま子供たちを遊ばせておきつつ、居住区を見て、耕《たがや》す予定の畑やラリバードの飼育場などを案内するのだろう。

移民の中には、冒険者や狩りをして生計を立てていた者も数名いた。魔の森に魔物を間引きに入ってもらえると助かるが、もちろん無理強いをするつもりはない。そのあたりは、本人の希望に応じて働いてもらおう。ここで暮らしていくうちに気持ちが変わることもある。もちろん、狩人チームから引退して、農家になりたいっていうのもありだ。

春になればスチュアートが多くの魔石を持ってきてくれるから、ゴーレムの数も増える。そうなれば、周辺のゴブリン対策を含めても十分な戦力を確保できるはず。

「クロウ様、そろそろ戻りましょうか」

「そうだね。宴会の準備もあるからね」

ドワーフ兄弟には飲みすぎないように注意をしておかないとならない。あいつら飲み始めたら止まらないからな。

ノルドとベルドの歓迎会の時は、最初は楽しくやっていたのだけど、後半から飲み比べ大会になり、酷いことになってしまった。

まあ、たいした娯楽もない村なので、お祝いにかこつけた宴会とかは楽しんでもらいたいけど、限度というものがある。

「今のうちに、錬金術師たちにデトキシ草でポーションを用意してもらおうか」

「それがよいかもしれませんね」

デトキシ草で作るポーションはいわゆる毒消しポーションであり、体から毒素を抜いてくれる。これが二日酔いにも利き目があり、村人にも好評だったのだ。ドワーフ兄弟は頑《かたく》なに飲もうとしなかったけどね。

アルコールを取り除くなんて勿体《もったい》ない！　ということだそうだ。

ノルドはともかく、ベルドはアルコールがないと手が震えちゃうから仕事にならないらしいし……

あいつらに毒消しのAランクポーション飲ませたらどうなるのだろうか。彼らを見ているとお酒は生きる目的に近いので、たとえ治ったとしてもすぐにアル中に戻るだけのような気もする。うん、意味がなさそうだな。

◇

ネスト村の大広場には、この日のために用意した大量の肉、川魚、エール酒、そして次々と焼き上げられていくピザが並び、大盛り上がり。

　肉の焼ける香ばしい匂いと、チーズの溶ける豊潤《ほうじゅん》な香りに、みんなのテンションは上がりまくりだ。

「クロウ、俺たちも参加させてもらってよかったっぺか？」

「もちろんだよ。ケポク族のみんなにも川魚をいっぱい用意してもらったし、僕たちは一緒に仕事をする仲間でもあるんだからね」

「今まで他の種族によくしてもらったことがねがったから、みんな心臓バクバクしてっけど、こういうのも楽しいものだっぺな。何より、あの緑色のジューシーな野菜がちかっぱたまらないっぺよ」

　チチカカさんの手には緑の野菜、キュウリンが握られている。よく見るとケポク族のみんながキュウリンを食べては、ほんわかした表情をしていた。

　キュウリンはラリバードサンドやピザの具材として使われている野菜だけど、エール酒のあてに、塩揉みして冷やした物を用意していたのだ。

「まだまだたくさん用意してあるからいっぱい食べてよ」

「クロウ、金ならいっぱいあるから、キュウリンをいっぱい売ってけろ」

　ケポク族にとってお金は野菜と交換できる物。それ以外の使い道はないという認識らしい。

　今後、手に入れたお金は全てキュウリンに費やされていくのだろう。キュウリンの作付面積を増やさなければならなさそうだ。こんな狭いところでお金が回っていくとは……

「は、畑も人も増えてるから大丈夫だと思う」

「そうけー、そうけー、ばり美味《うま》かっぺよー」

とりあえず、楽しそうにしてるようなのでひと安心かな。人見知りの激しいケポク族の方々も少しずつ慣れてきているのが微笑《ほほえ》ましい。

移民たちも、辺境の地でこれほど豪華な食事が楽しめるとは思っていなかったのだろう。最初の頃の緊張感いっぱいの表情から比べると、かなりリラックスしてくれているように感じる。自分たちの住む場所もわかり、今後の生活に目処《めど》が立って安心したのだと思う。今は目の前の肉や野菜に舌鼓《したつづみ》を打っている。

あっさりながらも甘みのあるラリバードの肉はいくらでもお腹に入るし、この日のために狩ってきた巨大なブラックバッファローの肉は、その迫力と滴《したた》り落ちる脂から目が離せない。

トメイトやナースを煮込んだスープ、卵料理、様々な野菜のサラダ、モロモロコシを焼いた物などメニューのバリエーションは多い。ここが辺境の村だとは思えない品揃えだろう。


「クロウ様は何を作ってるの？」

僕のもとに子供たちが集まってきた。

そう、子供たちはわかっているのだ。僕が調理している時には、何か美味しい新作が誕生することを。

「このジャガポテトで、ちょっとしたお菓子を作ろうと思ってね」

「ジャガポテトでお菓子？」

「甘いの？　甘いやつ？」

「あたちが味見してあげる」

「うーん。甘くはないけどしょっぱくて癖になる味だよ。ちょっと待っててね」

僕が作ろうとしているのは、ポテトチップスだ。

作り方は簡単、ジャガポテトを薄くスライスして油で揚げるだけ。味付けはとりあえず塩でいいかな。塩味なら、お酒を飲む大人も子供たちも楽しめると思うんだよね。

温度を上げた油にスライスしたジャガポテトを投入していくと、ジュワーという心地よい音とともにカラッと揚がっていく。

「おおー！」

「何だかいい匂い」

面倒なのは、ジャガポテトをスライスする工程。それがなければ、もっとスピードアップが図れそうなんだけど……

そうだ、スライサーをドワーフ兄弟に作ってもらおうかな。お酒のお供になるポテトチップスのためなら彼らもやってくれそうだ。

「塩を振って熱を冷ましたら……はい、完成！」

「クロウ様、食べていい？」

「あたちも！」

「順番に仲良く食べるんだよ」

子供たちが騒ぎ出したのを見て、大人たちも気になってきたようだ。横目でチラチラと僕の様子をうかがい、情報を集めようと自分の子供に耳打ちする。

「……おいっ、クロウ様がまた美味しそうな物を作っているからお前も並んでこい。少しでいいからお父さんの分も頼む！」

香ばしく揚がるジャガポテトの匂いに釣られ、行列が作られていく。

並んでいるのは、子供たちだけではない。川リザードマン、そしてラヴィを抱いたローズまでが続いている。

まあ、川リザードマンは置いておいて、ローズもぎりぎり子供と言えなくもないか。

ラヴィも何かもらえると思っている顔だけど、これは塩が掛かりすぎているのでラヴィにはダメかな。特別に素揚げしたのをあげよう。

「うわー、パリパリって音が鳴るよ！」

「うまぁぁー！」

「サックサクしてて止まらないよ」

よし、予想以上に受けているようだ。気軽にお菓子が作れるとなれば、奥様方にも喜ばれるだろうな。

子供たちのこの反応に、大人たちも並び始める。

こうなってくると、さすがに僕一人では大変だな。

「ネルサス、これ少しあげるから手伝って」

「その言葉待ってました！」

僕が調理を始めてから微妙に近寄ってきていたのは知っている。鼻の利くヤツめ。

この反応ならば、モロモロコシでトルティーヤを作ってもよいかもしれないね。トメイトソースをディップしたり、いろいろと楽しめるかもしれない。

辺境の村といえども、食の充実には力を入れていく所存なのだよ。

◇

ネスト村にポテチブームが到来した。ピザに続く食ブーム。作り方もそう難しいものではないので流行になるのも早い。

広場に集《つど》っているのは、朝からピザを食べ、ポテチをつまみながら、今日の予定を語り合う村人たち。

ここが異世界であることを忘れてしまうような、現代の日本のような光景だ。

野菜が増えたことでピザの具材のバリエーションも増えているし、ポテチも調味料次第で更なる進化を遂げていくことだろう。

「これが、昨日騒いでいたポテチという食べ物か。絶妙なしょっぱさが止まらなくなる」

「これは美味い。揚げたてが最高じゃわい。酒にも合うな」

ノルドとベルドがポテチを堪能している。僕は二人に向かってお願いする。

「それでね、ジャガポテトの皮を剥《む》いたり、ポテチ状にスライスしたりする器具が欲しいんだ」

「包丁があるじゃろうが」

「わかってないな、ノルドは。物には利便性が必要なんだ。強くて長持ちすることだけがよい物ではないんだよ」

「ふんっ、小僧のくせに言うではないか」

十二歳ながら貴族である僕にタメ口で来るのは、彼らの年齢が二百歳ということからも諦めた。まあ、種族も違うしね。そこは転生を経験している人生の先輩として、許してやろうじゃないか。そもそも僕も堅苦しい貴族社会が好きになれなくて、ここにいるわけだしね。

「ニーズに合わせた物を提供してこそ、職人を名乗るべきじゃないかな。売れない物を作っても意味はない。そうじゃなきゃ辺境では金儲けはできないんだ」

「わしらは別に、金儲けをするためにここに来たわけではないんじゃがのう」

「そうじゃ。ガラス瓶を作りながら、魔の森に行く冒険者たちに趣味の武器でも打ってやろうと思っていただけじゃ」

僕とは微妙に温度差があるのはわかったよ。しかしながら、技術力の優れたドワーフ族を放っておくほど辺境の地は優しくない。

僕の生活向上のためにも、二人には頑張ってもらわなければならないのだ。

ガラス瓶なんて後回しでも全然オッケーなんだ。武器もとりあえずは僕が作っているし、調理器具から作ってくれ。

「ピーラーという薄く皮を剥く器具と、スライサーという一定の厚みにジャガポテトをスライスする器具なんだけどね……」

「おいっ、ベルド。この領主、話をまったく聞いてないぞ」

「おう、ノルド。何の脈絡もなく器具の説明を始めやがった」

しかしながら、僕が地面に図面を描き始めると職人魂に火がついたのか、説明を求めてくるようになる。

職人というのはこういう生き物なのだ。初めて作る物に興味を持ち、自分の技術でそれをどう作り上げられるかを頭の中で考えてしまう。

「つまり、刃の角度を調整できるようにするってことか」

「なるほど、これなら凹凸《でこぼこ》のあるジャガポテトの皮でも薄く剥ける」

「やっぱり難しいかな。作ったことがないんだもんね」

「できるわ！」

「ドワーフを舐めるでないっ！」

よし、一丁上がりだ。最終的には酒でゴリ押しすることも考えていたけど、意外とあっさり引き受けてくれたな。

「鉄はあまり使いすぎないでコストを抑えてね。生活道具は安くないと根づかない。最終的には型枠で量産できるように頼むよ」

「この小僧、本当に十二歳なのか……」

「絶対、ポテチのレシピと器具を王都で大量に販売するつもりだ。こやつの目はどれだけ先を見据えているんじゃ」

この世界には特許などないので、広める時には一気に売り込まなくてはならない。石鹸《せっけん》やシャンプーのように作り方のわからない物ならば貴族向けに少量で販売していく手段もありだけど、こういったレシピや器具は簡単に真似されてしまう。

つまり、一気に売り切ることで市場を独占するのだ。

「昨日はジャガポテトを剥きすぎて大変だったんだよ。途中から何人か手伝ってくれたから助かったけどさ」

「とりあえず、試作品を作ってくるわい。それを見て改良の提案をしてくれんか？」

「うん、了解」

職人魂に火をつけることはできた。あとは彼らの技術力がどんなものか、お手並み拝見といこう。

ポテチも気に入ったようで、作った物を持って帰ってもらった。鍛冶場は暑くて汗もかく。塩っけのあるポテチは体が求める物なのかもしれない。


そうしてドワーフ兄弟が試作品を持ってきたのは、翌日の朝だった。

「おいっ、領主。いつまで寝てるんじゃ！」

「ピーラーとスライサーとやらが完成したぞい。早くチェックせい」

セバスに案内されてマイホームにやって来たドワーフ兄弟が下の階で騒いでいる。昨日から寝ずに試行錯誤していたのだろう。

少し職人魂を舐めていた。何も朝から突撃してくることはないだろう。僕がいつもどれだけ朝をのんびり迎えているか、教えておくべきだったな。

「ちょっ、ラヴィ舐めないでよ」

ドワーフの職人魂は舐めていたが、ラヴィにまで舐められるとは思わなかった。

お客さんが来たから起こしに来てくれたのだろう。まったく賢い子狼さんだ。暖かいお布団の中に招き入れて一緒に二度寝してしまおう。

「クロウ、ポテチがなくなったから早く作りなさいよ。あと、ノルドとベルドが来ているの知ってるわよね？」

ちっ、ローズも一緒だったか……

「クロウ、返事は？」

「ポテチぐらい自分で作れるでしょ」

「起きてるんじゃない。味付けはクロウの方が上手なんだもの。早くやってよ」

しょうがない。本当はもう少し寝ていたいけど、アル中がせっかく試作品を作ってきたのだ。文字通り試してみるか。ラヴィも素揚げポテチを美味しそうに食べてたしね。

温かいラヴィを抱っこしたまま一階まで下りると、ドワーフ兄弟が朝から酒を飲んで騒いでいた。わざわざ酒を持ってマイホームに来ないでもらいたい。

「僕は低血圧だから朝は苦手なんだよ。今度から来るなら昼過ぎにしてよね」

「その、ていけつあつというのがよくわからんが、村の子供たちは全員起きて広場で遊んでおるぞ」

「執事さんも、坊主を甘やかしすぎん方がええ。こやつ頭はいいが、隙《すき》あらばだらけようとするからのう」

「何かしらの研究や新しいことに取り組んでいる時は多めに見ております。続くようでしたらお仕置きも必要でしょうが、それはクロウお坊ちゃまも理解しているでしょう」

いや、そんなこと理解していなかったよ。セバスからの信頼が厚いのはわかっていたけど、人は言葉にしないと伝わらない生き物なんだからね！

とにかく、この話題はすぐに変えた方がいいな。

「それで、試作品が完成したんだって？　随分と早かったね」

「ふんっ、徹夜して作り上げたからのう」

その徹夜したからすごいでしょ感は僕にはマイナスだ。人は寝ないと集中力が落ち、出来も悪くなることが多い。ドワーフだって似たようなものだろう。

しかしながら、この二人は酒は飲んでいるが目はギラついている。二百年も生きているとアル中も進化するのだろうか。

「まず、鉄を使いすぎているね。これじゃあ量産しても値段が高くなる。これを買うのは一般家庭の平民なんだ。貴族に売る物ではないんだよ」

「だから試作品だと言ったじゃろう。方向性が合っているのか見てもらいたいんじゃ。問題なければもっと小さく細かく仕上げてやるわい」

仕上げ担当のベルドがそう言うのなら任せようかな。とりあえず機能的に問題ないか、確認しよう。

「ローズ、ジャガポテトを洗ってくれる？」

「作ってくれるのね。わかったわ」

僕は鍋《なべ》に油を入れて火で熱しておく。洗い終わったジャガポテトを、ドワーフ兄弟が作った試作品で皮剥きしていく。

「刃が鋭すぎるね。これじゃあ調理器具としては怖くて使いづらい」

「なるほど」

しかしながら機能としては問題なく、細かな凹凸《おうとつ》にも対応してピーラーの角度が変わっていく。僕の適当に地面に描いた図からよくここまで再現できるものだ。

「次はスライサーだね」

手渡されたスライサーはかなりごつい作りだけど、正確に一ミリ程度の厚みでジャガポテトが押し出されていく。うん、悪くない。

「刃の部分は問題ないね。こちらはとにかく軽量化と鉄の使いすぎをどうにかして」

「そうか、わかった。ちなみに軽量化と言うが、他の素材を使っていいのか？」

「うん、もちろん。木を使ってもいいし、何なら耐久性はそこまで求めなくてもいい」

「耐久性を求めない？　何を言っておるんじゃ？」

「壊れていいのか？」

「すぐに壊れては困るけど、年に一度は壊れて買い換える程度に価格も安くしろってこと」

「やはり、こやつ天才かっ！」

普通に考えて、この試作品スライサーは全部鉄製だし、売り物にするとなると五万ギル近くになってしまいそう。長持ちはするだろうからマイホームでそのまま使わせてもらうけど、本番品はせめて五百ギル以下にしてもらいたい。

「ポテチは簡単で美味しいから流行《はや》るんだ。器具に掛けるお金も合わせて七百ギル以下だよ」

「わかった。軽量化にコストカットじゃな」

「なかなか細かい作業になりそうじゃが、型枠さえ完成すれば量産化も問題ないわい」

「どうせ春までは商会のキャラバンも来ないんだ。じっくり作り上げてもらって構わないよ」

「何を言っておる」

「そうじゃ、他にも作ってもらいたい物があるはずじゃろう」

「ないよ。ポーション瓶でも作ればいいじゃない。鳥印の型枠も渡したでしょ」

「いいからアイデアをよこせ」

「小僧の期待に応えてやるわい」

「じゃあ、何か思いついたらまたお願いするよ」

「まあ、いい。今はこのピーラーとスライサーに注力するか」

「そうじゃのう……」

そんな会話をしているうちに、ローズが揚がったポテチを皿に載せて待っているので味付けを教えてあげよう。塩加減は何度もやっていくうちに自分好みになっていくはずだ。

「二人もポテチ持って帰る？」

「あるだけくれ」

「ポテチは薄くていくらでも食えるからのう」

味付けも塩だけだと飽きちゃいそうだけど、のり塩やコンソメとかも難しそうだもんね。

コンソメスープは、ラリバードの骨や肉を煮詰めていけば作れないこともない。ただ、どちらにしても作業効率を考えると微妙すぎるんだよね。

ピザの時もそうだったけど、味付けはみんなが勝手にアイデアを出してくれるのを待つか。

それとも、今後に向けてスパイスの栽培に手を出すのも悪くない……

今のところ塩や胡椒《こしょう》は商隊頼みになっている。この辺りに海はないし、岩塩が採れるという話も聞いたことがない。

スチュアートに手紙を出しておくか。春に来る時にスパイスの種を数種類持ってきてもらおう。上手く育てば食が豊かになるし、何よりお金にもなる植物だ。

「セバス、スチュアートに手紙を出すから手配をお願いできるかな」

「かしこまりました。すぐに馬の手配をしておきましょう。私もフェザント様に手紙を送ろうと思っておりましたので、ちょうどよかったです」

たぶん、移民とかゴーレム関連の報告なんだろうな。警備的な観点から見るとかなり優秀だしね。

さて、冬に向けてやらなければならないことはまだまだたくさんある。

まずはラグノ村にご挨拶に行かないとね。あそこは乳製品と羊飼《ひつじか》いの村だ。お隣同士もっと仲良くしたい。

3　酪農を始めよう

ドワーフ兄弟に早く起こされてしまったから、今日は一日が長い。せっかくだから、隣村までワグナーを連れてご挨拶に向かおうと思っている。

「ワグナー、今日時間ある？」

「クロウ様、お早いお目覚めでございますね。ひょっとして、ラグノ村の件でしょうか？」

「そうそう。まだご挨拶をしてなかったし、今後の取引についても話し合いをしたいと思ってね」

「かしこまりました。では、すぐに向かいましょう」

ラグノ村へはもちろんギガントゴーレムに乗って向かう。護衛にネルサスが一人ついてくるだけで男三人でのお出掛けだ。

ラヴィも連れていこうかと考えたけど、酪農の村だけに変に興奮したら大変かもしれないと思い、ローズに預けてきた。

今日はネスト村の女性陣がブラックバッファローの肉で干し肉を作るとかで、ローズはそのお手伝いをするらしい。冬支度は少しずつ始まっているのだ。

それにしても、ローズもすっかりネスト村に馴染んできてるな。子供たちとも仲良くしてるし、下手したら僕よりも村に溶け込んでいる気がしないでもない。

「ネルサス、お土産《みやげ》を取ってくるの手伝って」

「かしこまりました！」

手ぶらで行くわけにもいかないので、ポーションと野菜を持参することにした。ラグノ村も辺境の村に変わりはないので、Bランクポーションは何かあった時に助けになるだろう。驚くだろうから、村長にしか伝えないつもりだけど。

広場までお土産を運べば、あとはギガントを操作するだけだ。

「じゃあ、出発しようか」

ラグノ村にはギガントで行けば一時間も掛からずに到着してしまう。やはり便利すぎるな、ギガント。

「クロウ様、このままギガントゴーレムでラグノ村に行ったら、村人はともかく、動物とか騒ぎませんかね？」

ネルサスにしては珍しく気がつくじゃないか。羊や山羊《やぎ》を飼っているらしいので、確かに驚かせてしまうかもしれない。

しかしながら、村から見えない場所でギガントを降りて歩いていくのも面倒。何よりこの重いお土産はギガントなしでは運びたくない。

「そこはもう慣れてもらうしかないかな。今後も顔を出すことがあると思うしね」

臆病な草食動物といえども、魔物ではないゴーレムにどこまで怯えるのかはわからない。

ラヴィはゴーレムを見ても全然気にしてなかったけど、草食動物をAランクの魔物であるラヴィと比べるのも何だかね。

「しかし、本当に早いですな。クロウ様、もうラグノ村が見えてまいりました」

視線の先には、白いモコモコが塊《かたまり》になって怯えている姿があった。何事かと、ラグノ村の村人まで外に出てきてあたふたしている。

おそらく、動物たちの叫び声に驚いて外に出てきたのだろう。その手には弓や剣まで持っている。

これはまずいと、顔を知っているワグナーが先に一人でギガントから降りて挨拶に向かった。すまないワグナー。

「大丈夫でございます！」

どうやら、動物の叫び声からゴブリンが現れたのだと勘違いしたようで、慌てて武装して外に出たらしい。そうしたらギガントゴーレムがいて、更にパニックになったということだ。

僕とネルサスもギガントから降りて、ラグノ村の人たちと対面する。

「その、ごめんなさい。驚かすつもりはなかったのですけど」

「いえ、こちらこそお噂はいろいろと伺っております。多くの移民を受け入れたとか」

そういえば、ドワーフ兄弟がラグノ村まで馬車で来たとか話してたか。その辺りで情報が入ってるのだろう。チーズも大量に購入してるしね。

ちなみに、代表して対応してくれているのはラグノ村の村長、ドミトリーさんだ。広大な草原地帯を草食動物とともに移動しながら暮らしているそうだ。

移動式の大型テントが目に入る。羊や山羊、そして馬と草食動物が多いので、周辺の草がなくなったらまた移動するのだろう。

つまり、ラグノ村は定まった場所にあるのではなく、羊や山羊がいる場所がラグノ村という認識になるらしい。今頃ならこの辺りにいるんじゃないかなって感じで、ざっくりと探しては交易をするようだ。

「こちらこそ、ラグノ村のチーズには大変お世話になってます」

ピザにチーズは欠かせない。ピザ人気が留まることを知らないネスト村にとって、ラグノ村のチーズは必須アイテムとなっている。

「そちらは交換用の品でございますか？　まだそこまで交換できるほどチーズやミルクもなくてですね……」

「いえ、これはお土産です。今後もよいお付き合いをしたいので、ちょっとしたプレゼントだと思ってもらえれば」

「そういうわけにはまいりません。少しですが、チーズやバターを用意させましょう。ちなみに、その瓶はポーションでしょうか？」

「はい、Bランクポーションです」

「Bランクポーション!?　そ、そんな高価な物をいただくわけには……」

「ネスト村にはいっぱいあるので大丈夫ですよ」

ドミトリーさんは信じられないという顔をしながらワグナーの方を見て、本当かと確認までしている。

「あ、ありがとうございます。実は最近ゴブリンの襲撃があって、羊や山羊が数頭、数名の者も怪我をしてしまったのです」

やはり、ゴブリンから襲撃はされるよね。移動式テントだと不安も大きいだろう。思ったよりも厳しい生活を送っているのかもしれない。

羊や山羊を育てるためには草原を求めて移動しなければならない。移動するためには必要最小限度の荷物になるし、暮らしはやはり厳しくなるか。僕は思いつきで提案する。

「こんなことを簡単に言うのも何ですが、皆さんでネスト村に来るのってどう思いますか？」

「ネスト村にですか。しかし我々は遊牧民なので、移動し続けなければ、こいつらを育てていけません」

モコモコの羊に、ミルクを出してくれる山羊。ドミトリーさんは、我が子を見るかのように優しげな表情で見つめている。

そこへ一人の若者がやって来て、ドミトリーさんに声を掛ける。

「お父さん、肉が少なくなってきたから、やはり羊を一匹潰そう」

「チャンク、領主様の前なのだ。そんな話はあとにしなさい。すみません、クロウ様」

優しげな表情を向けながらも、やはり羊は殺して食べることもあるのだ。当たり前の話だろうけど、子供たちもたくましいな。

「えっ、その小さい奴が領主様だったのかよ！」

「こらっ、チャンク！　失礼だろう、挨拶しなさい」

まあね、見た目的にはワグナーやネルサスの方が大人だからね。勘違いするのもしょうがないか。

チャンクと呼ばれた若者が頭を下げてくる。

「すみません、息子のチャンクです。領主様とは知らず申し訳ありません」

「あー、うん。いいよいいよ。実際に子供だしね」

僕は前世を知る優しい貴族なのだ。貴族であることにたいした誇りもないけど。

僕はドミトリーさんに向き直る。

「それで、さっきの話だけどどうかな？」

「ですが、私たちにはこの羊や山羊がいますので、一つの場所で暮らすことは難しいのです」

つまり、移動しなくても草が大量にあれば問題は解決するということだ。

「錬成、草原！」

今日は普通に挨拶だけのつもりだったんだけど、思っていたよりも厳しい状況を目の当たりにしたので、考えを改めることにした。

「な、何もなかった場所に草原が……」

「す、すごい！　山羊たちが食べ尽くしてしまった場所だというのに」

初めての錬成は緊張するけど、土系の錬成は得意だからそれなりに自信もあった。

辺り一面に青々と繁《しげ》る草原が広がっていく。

錬成に慣れてきた錬金術師たちでも、これぐらいならすぐにできるだろう。つまり錬金術師がいれば、もう草原を移動しなくてもラグノ村は生活できるようになる。

「おおー、もう羊たちが食べてるよ」

「いつもより食いつきがいいな……」

どうやら錬成した草だけを選んで食《は》んでいるようだ。ネスト村では野菜も美味しく育っているけど、魔力供給された草も同じように美味しいのかもしれない。

遠目に眺めていたラグノ村の村人たちが、驚愕《きょうがく》の表情で草を確認するように近寄っていく。

「し、信じられない……」

「村長、これなら私たちも一定の場所に住めるのではねぇか」

常に移動しなければならないために、苦労してきたことも多いのだろう。でもネスト村に住んだら、水の心配もなくなるし、身の回りの物も充実させることができる。安定して家畜の数も増やせるようになる。

そして一番は、土壁に囲われた安全な場所で過ごせるということ。つまり、もうゴブリンを気にせず、夜もぐっすり眠ることができるのだ。

代わりに、魔の森が近くなっちゃうわけだけども。

「クロウ様、私たちはこの奇跡にどのぐらいの対価を支払えばいいのですか？」

「チーズやバター、ミルクを提供してくれればいいよ。もちろん、羊や山羊の数を増やせるように協力できることは手伝うよ」

「うっぐっ……」

どうしよう。ドミトリーさんが泣いてしまった。どれだけつらいことがあったのだろう。ゴブリンか、ゴブリンなのか？

「そ、村長……」

「くそっ、こんなことが。こんな奇跡があるなんて」

涙を拭《ぬぐ》い、ドミトリーさんは僕に頭を下げながら言った。

「クロウ様、どうかラグノ村の全員をネスト村に受け入れてもらえないでしょうか」

「うん、もちろん喜んで」

「正直、今年はゴブリンの被害も多く厳しい年でした。あと数年は大丈夫でも、その後は解散しなければならなかったかもしれません」

　酪農というのも、のんびりスローライフに見えて実情はかなり厳しいようだ。実際に自分の目で見ないとわからないことはいっぱいある。

「ワグナー、勝手に話を進めてしまったけど、問題あるかな？」

「いえ。我々も開拓村を始めた頃は、ラグノ村の皆さんから助けてもらっておりました。今度はネスト村が手を差し伸べる番なのでしょう」

　村ごと移動するとなると、何かしらの問題が起こりかねないが、それ以上に現状は過酷なのだ。辺境では協力していかなければお互いに生き残れない。

「わかった。ラグノ村の人たちの場所については、戻ってからセバスとも相談して決めよう」

　かなりの数の家畜が暮らすことになるから、糞尿《ふんにょう》による臭《にお》いとかもすごいことになるはず。牧草地帯は、居住スペースからそれなりに離した方がいいかもしれないね。

　ただ、糞尿の混ざった土は畑にも使用できるし、土壌の回復も早くなるだろう。とりあえず家畜たちが安全に過ごせるように、広範囲を土壁で囲う作業が必要になるか。

「よしっ、土壁はジミーに丸投げしておこう。僕は家を造らないとならないからね」

　僕が独り言を呟くと、ネルサスが反応する。

「ジミーさん、苦労が多そうだから妙な親近感があるっすよ」

「えっ、ネルサスに苦労とかあったっけ？」

「わかってないですね。自分は疾風の射手の中でも下っ端《したっぱ》なんですよ。リーダーはヨルドで、四大魔法使いのサイファでしょ。そろそろ、前衛のできる部下が欲しいとこですね」

なるほど、確かに扱いやすさから僕もネルサスを使うことが多い。サイファは少し距離を感じるし、ヨルドはリーダーだからね。

「でも、ジミーは錬金術師たちのまとめ役にするつもりだから、微妙にネルサスとは違うかもしれないね」

「えっ、ジミーがまとめ役！　実力的にまとめ役はマリカさんじゃないんですか？」

そんな裏切りやがって、みたいな顔をされても困る。ジミーも使いやすさという点ではネルサスと似ているけど、彼には少しだけリーダーシップもあるんだ。

「いやいや、考えてもみてよ。マリカをリーダーにしたら大変なことになるから」

「確かにちょっと独特な感性の持ち主ですからね。外見はよいんですけど、クロウ様とポーションのことになると話が止まりません……」

マリカが他で僕のことをどう話しているのかは若干気になるけど、どうせ碌《ろく》でもないことに違いない。気にするだけ疲れる。

「それでは、ラグノ村の皆さんは準備が整い次第、ネスト村に向かってきてください。何か重い物とかあれば、ギガントゴーレムで運びますよ」

「いえ、移動は慣れているので問題ありません。二日後ぐらいには到着できると思いますので、よろしくお願いします」

その後ネスト村に戻ると、ラグノ村の件で、セバスと打ち合わせをすることになった。他にメンバーはワグナーとジミー。

セバスが告げる。

「村の場所につきましては、魔の森とは反対側のスペースを利用しましょう。草食動物は魔物の気配に敏感ですし、そこなら風も風下になることが多いです」

魔の森の方角には大きなキルギス山脈があるので、こちらには吹き下ろしの風が来やすい。つまり、家畜の臭《にお》いが風で流されていくということをセバスは言っているのだろう。まだ一言も家畜の糞尿の話などしていないのに、さすがはセバスだ。

「クロウお坊ちゃま、錬金術師たちによる草原地帯の牧草確保はどれぐらいのペースで進められそうですか？」

「ジミーをベースに考えると、畑エリア分ぐらいなら五人もいれば大丈夫かな」

「では、その倍の広さで様子を見ましょう。それから、クロウお坊ちゃまは羊や山羊たちの厩舎《きゅうしゃ》の準備をお願いします」

さすがに牧草を一日で食べ尽くすとは思えないし、それぐらいなら錬金術師たちも畑の魔力供給をやりながらでも問題はなさそうか。

「厩舎ね。とりあえずドミトリーさんたちが到着してから相談しようかな」

「それでよろしいかと」

基本的にずっと屋外で飼育してきたのだろうから、厩舎の相談をされてもわからないかもしれない。それでも、今後数を増やしていかなければならないし、知恵はお借りしたいところ。

必要なのは、住みやすくて子育ての環境が整っている安心感のある厩舎って感じなのかな。彼らも、家族同然で暮らしてきた家畜を殺さずに増やしていくことだけを考えられるのは嬉しいことだろう。ネスト村では食べられる魔物の肉が手に入るのだから。

とりあえずラグノ村の人たちの家を造り、奥に少し距離を取って厩舎予定地。その先に牧草地帯を錬成する感じになるか。

「ジミーは、錬金術師たちに畑の二倍のスペースを囲う土壁の錬成を指示してもらえるかな。完了次第、草原の錬成をよろしく」

「かしこまりました」

その後、畑への魔力供給訓練が利いているのか、ジミーは草原の錬成をあっさりやってのけた。僕がやると草の背丈が伸びすぎてしまうので、羊たちの食べやすさから考えると錬金術師たちに任せて正解なのかもしれない。

僕がやる作業としては、家造り、居住区と厩舎予定地を分ける大きな土壁あたりか。壁があることで臭《にお》いや音も多少は届きにくくなるはず。

あとは排水設備関係の調整ぐらいでいいか。増えてきたスライムを活用できそうで、ちょうどよかった。

◇

それからある程度準備を進めているると、二日後、ついにラグノ村の人々が到着して入口近くで固まっていた。

「こ、これが、あのネスト村ですか……」

あー、そうか。彼らが知っているのは、壊れそうな小屋と崩れそうな木枠で囲われていたネスト村なのだ。

三百人もの移民を受け入れるようになったことを知っていても、この短期間でのこの変貌は予想していなかったのかもしれない。

「ようこそいらっしゃいました。牧場を用意しておきましたので先に案内しますね。荷物はここに置いてもらえれば、ゴーレムで皆さんの家の近くまで運んでおきます」

すでに錬金術師とゴーレムはお手伝いの準備万端である。もちろん、家の設備の説明要員として ワグナーにも同行してもらう。

ドミトリーさんが声を震わせる。

「ここまでの開拓を僅か数カ月で行われたとは……目の前でこの光景を見ていなければ、とても信じられません」

うん。我ながら、半年弱でよくここまでできたものだと思う。これは言うまでもないけど、ネスト村のみんな、そして魔の森で魔物を間引いてくれたオウル兄様たちのおかげだ。

「お、おいっ、とんでもない規模の牧場があるぞ！」

「ほ、本当だ！　羊たちのテンションが抑えきれねぇ」

「ああ、ダメだ。山羊が行っちまった……」

ジミーたちが作った牧場は土が柔らかく耕されて、魔力の豊富な草原が膝丈の高さで広がっている。周囲は、ゴブリンが簡単に登れない高さの土壁で覆われており、これなら臆病な草食動物でも安心して過ごせるはず。

どうやら魔力供給された牧草が嬉しいようで、羊や山羊、馬のテンションがマックスになっている。

この前、僕が錬成した草の味を覚えているのかもしれないな。草の上で寝転がって、思う存分はしゃいでいるし。

ドミトリーさんが笑みを浮かべて言う。

「すごいですね。クロウ様が錬成した草を食べてからというもの、選り好みするようになってしまって困っていたのです」

「そ、そうだったんですか」

錬成の怖いところが出てしまったな。とりあえずは錬金術師たちの作った草原にご満悦の様子だし、ガツガツ食《は》んでいるので大丈夫かな。

とはいえ、数日したら鑑定してみよう。魔力中毒とかになっていなければいいんだけど。デトキシ草をブレンドすれば過剰摂取は抑えられるのかな。

荷物運びを終えたジミーを含む錬金術師たちが満面の笑みを浮かべているのが、遠くからでも見える。彼らも動物たちの反応が気になっていたのだろう。ここの作業は、彼らだけで完成させた初めての錬成物だからね。感慨もひとしおなのだと思う。

［領地情報］　ネスト村
［人口］　四百名、羊に山羊がいっぱい、馬数頭
［作った物］　牧場
［備考］　ラグノ村と合流、酪農が開始される

4　冬が訪れる前に、魔の森の調査を

世の中には強《つ》ぇー奴はいっぱいいる。勝てない敵とは戦わない方がいい。生き残ってこそ、蜴人《とかげ》生ってもんだ。

「バルジオの旦那《だんな》、これからどうするんですか？」

「力を蓄《たくわ》えて、あの場所を取り戻しやしょう！」

「ゴブリンをもっと増やせば次は勝てますぜ」

「アホか。あんな奴らと戦っても何の得もねぇ。逃がしてもらえただけありがてぇと思え」

失《な》くなった右腕のあった場所を擦《さす》りながら、俺、バルジオは考える。

ドフン族も十名にまで減ってしまった。ここから立て直すにしても数年は掛かる。生きていくには魚だって食わなきゃならねぇ。

それはそれとして、次にゴブリンを使役しているのを奴に見られたら……間違いなく全滅させられるだろうな。あいつは甘ちゃんだったが、言葉に妙な強さが感じられた。あの時は俺たちを逃が

したことに理由をつけたかっただけだ。

次はねぇ。下手なことはしねぇ方がいい。

やるとしたら、絶対に負けないところまでドフン族を復活させてからだな。それまでは力を蓄える。仲間が増えるまでひたすら待つ。

川沿いを歩いてきたが、ここで俺は行く方向を変える。

「バルジオの旦那、そっちは川から離れますぜ」

「いいんだよ。ただ川沿いを北に進んでいったら、あいつらに見つかるかもしれねぇだろ。これからは川から離れる」

「うぇぇ。で、でも、それだと沼を見つけるのは大変ですぜ」

「しょうがねぇだろ。あまり北に行きすぎるのはよくねぇ。であれば、東にある森を目指した方がいい」

「東の森って……オークが集落を築いている場所じゃねぇですか!?」

「嫌ならついてくんな。生き残るためにはそれしかねぇんだからよ」

川から東に向かって十日も歩けば、オークの暮らす森がある。森といっても魔の森のような危険な場所ではなく、湖と多くのヌタ場がある森だ。

ヌタ場というのは、泥浴びをする場所といえばわかりやすいか。要は沼だ。

俺たち沼リザードマンにとって沼は生きるうえで最も大事なものだが、オークにとってヌタ場がそれに当たる。

水が好きな川リザードマンと違い、沼リザードマンの生態はオークに近い。俺たちが今向かっている東の森では、その昔、オークと沼リザードマンがともに暮らしていたと聞いたことがある。

ワーロウ同盟、または泥の誓いとも言う。

それは沼リザードマンとオークによる共同戦線。敵対種族が現れた際の緊急同盟だ。知恵のある沼リザードマンと、腕力に優れたオークによる組み合わせ、というわけである。

まあ、オークたちが今でもその話を覚えているかはわからねぇけどな。何せ、何世代か前の話だ。実際に確認してみねぇと。

俺は部下どもに告げる。

「ドフン族はワーロウ同盟に全てをかける。東の森で力を蓄え、しばらくの間はオークに助けを求める」

「ワーロウ同盟……バルジオの旦那、その場合の敵対勢力って、まさか……」

「ありゃ、オークにとっても間違いなく敵対勢力だろうが。そう遠くないうちにぶつかるはずだ」

いずれにせよ、隻腕《せきわん》の沼リザードマン十体で何ができるってわけでもねぇ。生きるための行動をするしかねぇんだ。力がねぇなら何でも利用すればいい。それで、少しでも命が延びるなら可能性は開ける。助けを求めるのがたとえ他種族であってもだ。

オークを上手く誘導することができれば、奴に一泡吹かせることができるだろう。

「自分、ついていきやす」

「つうか、選択肢がついていく以外にねぇってばよ」

「頭の悪いオークが同盟なんて覚えてますかね？」

口々に言う部下どもに向かい、俺は告げる。

「忘れてたらまた伝えればいい。それならそれで、ドフン族の有利なように話を吹っかけられるだろうが」

「なるほど、さすがバルジオの旦那だぜ」

まあ、力ではオークには勝てっこねぇ。だからこそ、知恵を出す。生き残るための知恵を捻り出すんだ。


そうして数日後。

目の前に東の森が見えてきた。すでにオークの斥候兵と接触しており、オークキングとワーロウ同盟についての話し合いをしたいと伝えてある。

オークは戦闘種族であり、縦社会がしっかり構築されている。オークキングを頂点とし、その下のオークジェネラルが多くのソルジャー、アーチャーたちをまとめ上げている。ジェネラルが戦闘時において、将の役割を担っているのだ。

「さて、まずは敵対勢力が現れた情報ってやつを話そうじゃねぇか」

森の前には二体のオークジェネラルがおり、こちらの様子をうかがっていた。問答無用《もんどうむよう》で戦闘にならないあたり、ワーロウ同盟のことぐらいは理解しているのかもしれねぇ。

「おめぇら武器を置け。ここからは片手を上げながら森へ向かう」

といっても、俺たちの武器は全て奴に破壊されてるから、持っていたのは杖代わりのこん棒ぐらいだけどな。

「いいか、お前らは俺様の言う通りにしてろよ。ここからが勝負だぜぇ」

「も、もちろんですぜ」

「本当に大丈夫っすかね……」

「バルジオの旦那を信じるんだ」

俺たちの目の前には、沼リザードマンの三倍近い体躯《たいく》のオークジェネラルが睨《にら》みを利かせている。ビビっちまうのもしょうがないだろう。

俺は、怯えを悟られぬように告げる。

「我らはドフン族の沼リザードマンである！　古《いにしえ》よりの誓い、ワーロウ同盟を再び立ち上げるためにここまでやって来た。オークキングにお目通り願いたい！」

二体のオークジェネラルは首を奥に向け、ついてこいと示すと、そのまま森へ向かって歩いていった。

どうやら、第一段階はクリアしたらしい。

門前払いされないだけラッキーってもんだ。

◇

僕、クロウがドミトリーに厩舎や家についての説明をしていると、逆にチーズやバターを大量に生産するための工房を造れないかと相談された。

チーズ作りには、結構な工程を必要とするらしい。今後大量に作るのなら、専用の工房があると品質もよい物ができるとのこと。

そういう前向きな要望には、できる限り応えてあげたいよね。

定住することで、酪農家として生きていく心構えが固まったようだ。いや、自分たちがネスト村で役に立てることが何かを理解して動いているのだろう。

「加熱処理する部屋、型詰め・水抜きをする部屋、成型・熟成するための部屋。各工程に合わせて部屋を三つに分けたいです」

「了解だよ。居住エリアと厩舎の間に工房を造ろう。ドワーフ兄弟を派遣するから、必要な器具についても話をしておいて」

「ありがとうございます。それから、羊の毛を刈り、毛糸にするスペースもあったら助かるのですが……」

ドミトリーのやる気がありすぎて驚く。まだネスト村に来て一日目なんだけど……ちょっと気になったので鑑定してみる。


【ドミトリー】

四十六歳。男性。

ラグノ村の元村長。羊や山羊をこよなく愛する。お手製のチーズやバターは、味、品質ともに優れ、近隣の村からの評価が高い。草食動物の調教に優れている。

酪農に関して話させると、つい時間を忘れて熱く語ってしまう。


なるほど、好きなことには視野が狭くなるタイプか。

ともかく、羊毛を毛糸にする器具に関しては、アル中兄弟に丸投げしてしまおう。何だかんだであの兄弟も、新しい物を作ることにはやる気があるからね。

「どうせなら、手紡《てつむ》ぎから機械による毛糸作りに移行させようかな。これについては、僕がドワーフ兄弟に話をしておこう。ちなみに、普段はどうやって糸にしてるの？」

「あっ、ではこちらで説明いたしますね」

僕が尋ねると、ドミトリーは嬉しそうに話し出した。これは長くなりそうだな。

これから寒くなる季節を迎えるので、毛糸の服があると寒い思いをせずに助かる。ラグノ村のみんなが僕の村に来てくれて、一段と生活が豊かになっていくようで本当に嬉しいな。

「きゃう！　きゃうっ」

「ラヴィ、あんまり怖がらせちゃダメだよ」

「あ、あの、このシルバーのワイルドファングは羊を食べたりしませんよね？」

羊を追い回すラヴィを見てドミトリーは心配しているけど、ラヴィは羊よりも小さいから大丈夫だろう。

まあ、将来的な体の大きさは羊を余裕で抜き去るけど、今は羊の方がラヴィよりも圧倒的にデカいからね。むしろラヴィの方が潰されないかと心配になるぐらいだ。

「うん。ラヴィは賢いからそんなことしませんよ。よし、ラヴィ。羊たちを厩舎まで誘導して」

「きゃう」

賢い子狼は僕の話を理解したようで、大きく回り込むようにして羊を追いかけ始めた。すると驚いた羊が我先に逃げようとする。

遠くにいた羊もラヴィに追いかけられ、やがて全ての羊が厩舎へと向かっていく。

こうしてものの五分足らずで、全ての羊が新しく完成した厩舎に入った。

「こんな感じで手伝ってくれるので、近くにラヴィがいる時はお願いしてみてください。ちなみに骨を投げると喜びます」

「は、はぁ……」

僕の隣にいた息子のチャンクは、口を開けたまま固まっていた。

ラヴィも、広い運動スペースができて嬉しそうだ。羊や山羊がどう思っているかはわからないけど、きっと仲良くしてくれると信じている。

それにしても、狼なのに牧羊犬的なことまでできてしまうなんて、ラヴィは有能すぎるね。体の小ささから、羊や山羊から舐められるのではと心配してたけど、そこは将来Aランクが約束されたラヴィーニファングの子供。伝説の氷狼《ひょうろう》である秘めたパワーか何かが影響しているのかもしれないが、草食動物の本能がこいつに逆らってはいけないと思わせているようだ。

僕はふと思い出して、ドミトリーに声を掛ける。

「僕からもいいかな」

「何でしょう？」

「馬の管理をお願いしたいのと、あと数を増やしてほしい」

「馬を増やすとなると、その分餌代などの負担が増えますが……錬金術があれば問題なさそうですね」

草食動物はこれでもかと牧草を食べまくる。羊毛やミルクなどを生まない馬は極力育てたくないというのが、ラグノ村の基本的な考えだったのだろう。

「牧草はいくらでも用意できるし、穀物も余裕がある。馬を育ててゴーレム隊の錬金術師たちが乗れるように調教を頼みたいんだ」

錬金術師たちが馬に乗れれば、周辺を警備する機動力が一気にアップする。僕はギガントに乗れるからいいけど、馬に乗る練習ぐらいはしておいてもいいかな。

「なるほどですね。そういうことであればお任せください」

何かあった時のために、陸路環境を整えておいた方がいいだろう。自然災害的なこともあるし、馬で逃げなければならないこともあるかもしれない。

なお、マイダディとの手紙などの宅配物については、川リザードマンを使ってやりとりしている。スピードだけなら川下りの方が圧倒的に早いからね。

「とりあえず、ネスト村にいる馬も預けるからよろしくね」

「ええ、任せてください」


その後、移住後の元ラグノ村の方々が、チーズたっぷりのピザに感動し、その料理の虜《とりこ》になっていったのは言うまでもない。

そしてピザに合う肉製品の開発にも繋がっていき、僕のアドバイスをもとに、様々な試作品が作られていった。

その一つがソーセージ。少量のデトキシ草とブラックバッファローのミンチ肉を練り込んだ逸品は、ドライソーセージや燻製《くんせい》タイプの開発へと進み、ネスト村の特産品として売上を伸ばしていくことになるのだった。

◇

季節が移り変わり、ネスト村の朝の寒さは一段と厳しくなってきた。

最近は、ラヴィが日替わりで僕のベッドとローズのベッドを行き来している。ラヴィがいると温かい朝が向かえられるのでありがたい。

「ちっ、今日はローズのベッドで寝たのか。どうりで寒いわけだ」

賢いラヴィは気を使ってなのか、それとも気分でなのかわからないが、僕とローズのベッドをバランスよく利用している。

ローズは早起きなので、ラヴィがゆっくりしたい時は僕の方に来ているのかもしれない。

「あー、寒っ」

ふと一階の方から、朝食のいい匂いが漂ってくる。

そういえば移民の中に、食堂で働いていたペネロペという女性がおり、料理人として雇うことになったのだ。その腕前はなかなかで、「家庭料理の延長ですよー」とか言いながら素晴らしい料理を提供してくれる。

僕に料理を教わると言っていたローズも、いつの間にかペネロペに教わるようになっているんだよな。

まあ、僕も早起きしなくて済むので助かっているんだけど。

「まったく、相変わらず遅いわね」

僕が眠い目をこすりながら階段を下りてくると、温かいラヴィを抱っこしたローズがなぜか勝ち誇った表情で話しかけてきた。

ちょっといじわるしてやろう。

「ふっ。ラヴィと一緒に寝られるのも、ペネロペの美味しいご飯をいただけるのも、あと数日だということがわかってないようだね」

「なっ！　い、いや。屋敷を移るとしても、私はペネロペから料理を学んでいるんだから、ついでに食べに来るわ」

ローズも、ラヴィを引っ越し先に連れていけないのは理解しているようだ。

ラヴィがローズを慕《した》っているのは間違いないけれど、優先順位は僕が一番をキープしているからね。

おそらくではあるが、ラヴィの中では一番目に僕、二番目にローズ、三番目にラヴィ自身、四番目にペネロペ、そして五番目にセバスと順位づけされているように思う。セバスよりペネロペの順位が上なのは、ご飯を用意してくれるから。

……セバス、頑張れ。

そのセバスが、僕に話しかけてくる。

「クロウお坊ちゃま。川リザードマンから手紙を渡されましてな。ディアナですが、間もなく到着するようでございます」

ディアナがランブリング子爵領を出たのが二週間前なので、もういつ到着してもおかしくないとのこと。

「ほーう。ローズ、早く引っ越しなよ」

「う、うるさいわね。食事の時ぐらい静かにしなさいよ」

面倒なのか、ローズはギリギリまで作業に手をつけないタイプらしい。いや、ディアナが来たらやってもらうつもりなのか。

なお、マイホームの裏手には、ローズの滞在用に、ネスト村ランブリング子爵邸を完成させてある。子爵がこの辺境に来ることはないと思うけど、念のため客室も一つ追加しておいた。二階建てで、造りはマイホームとそう変わらないから使い勝手はいいはず。

そんなことを考えていたら、玄関をノックする音とともに、ジミーの声が聞こえてきた。

「クロウ様、ディアナという方がいらっしゃいました。こちらにご案内してもよろしいですか？」

「おはよう、ジミー。ディアナはローズの侍従なんだ。案内してもらえるかな」

思いの外、来るのが早かったたな。まあ、ディアナからしたら大好きなローズに会えるのだから、それは全速力で来たのだろう。

そうして現れたディアナは、来て早々ローズの心配をする。

「ああ、ローズお嬢様。魔の森へ行ったと聞いて、ディアナは心配で心配で夜も眠れませんでした。お怪我はありませんか？　一度身体検査をした方がいいかもしれませんね。先にお部屋に参りましょう。ローズ様は現在はこちらにお住みなのでしょうか？」

「落ち着きなさい、ディアナ。私は今、食事中なの。終わったら話すから待ってなさい」

「少し大きくなられましたでしょうか。お持ちした服のサイズが合えばよいのですが、少し丈を伸ばした方がいいかもしれませんね」

「ディアナ、先にクロウとセバスさんにご挨拶をしなさい」

ローズのその言葉で、どうやらここが領主の住む家だと理解したのだろう。ディアナは佇《たたず》まいを直し、礼儀正しく頭を下げる。

「クロウ様、セバス様、ご無沙汰《ぶさた》しております。ローズお嬢様がお世話になりました。今後、ローズお嬢様の面倒は、全てこのディアナが見ますのでお任せください」

ディアナの優先順位はローズ一択なので、僕やセバスのことは見えているようで見えていない。

「あー、うん。よろしくね。ローズはここの二階で暮らしていたんだけど、裏手にランブリング子爵邸を造ってある。今日からは二人でそちらで暮らしてもらいたい」

「……二人で。ありがとうございます、クロウ様」

僕の姿を目にも入れていなかったディアナが深くお辞儀をしてくる。

ディアナもこの一瞬で理解したのだろう。僕がディアナの味方であることを。

「ふふふっ」

「ははは」

「……何で握手してるのよ」

「別に何でもない」

「はい、ただの挨拶でございます、ローズお嬢様」

一応、ディアナを鑑定しておく。


【ディアナ・マクレイアー】

十二歳。女性。

ランブリング子爵家ローズ付きの侍従。パワータイプの剣士であり、侍従ながらローズの護衛も任されている。好きなものはローズ。嫌いなものはローズに嫌われること。


魔の森にもローズのお供として向かうことになるのは間違いない。移民もかなり増えてきたので、ディアナには頑張って魔物の肉をいっぱい獲ってきてもらいたい。

魔物の肉といえば、ケンタッキーから報告があると連絡があったのだった。ラリバードのことで話があるということなので、ついに養鶏《ようけい》の目処が立ったのではないかと期待している。

さあ、ラリバードよ。ネスト村のためにその身を捧げてくれたまえ。

◇

朝食を食べ終わった僕は、ラリバードの飼育場に向かった。

ちなみに、ディアナは引っ越しのため荷物を運び、ローズはラヴィと一緒に牧場へ遊びに行くとのこと。

ラリバードの世話は、家畜を扱う専門家であるドミトリーに任せた方がいいか……とも少し考えたんだけど、ラリバードは魔物であって一般的な家畜とは違うから、今まで通り薬草農家に任せることにした。

ラリバードにはヒーリング草が大事なのであって、育て方であったり、飼育場の環境であったりとかはあまり関係ない気もするしね。

強いて言うなら、ヒーリング草を常に啄《ついば》める環境と、ワイルドファングに食べられない安全な場所にさえ気をつければいいんじゃないかな。あとは、ヒーリング草を日頃から育てている農家に懐きやすいくらいか。

「クロウ様、朝から来られるとは珍しいですね」

元より今日訪問する予定だったんだけど、ケンタッキーはまさか僕が朝から来るとは考えてなかったみたいだね。

みんな僕が朝に弱いことを把握しつつあるな……

「失礼だな。朝は領主の館で仕事をしていて、お寝坊さんなわけではないんだよ」

「はいはい。そうでございますね」

絶対嘘だと思っている顔だが、実際に嘘なのでこれ以上何か言うつもりはない。

「それで、話っていうのは雄《おす》のラリバードのことかな？」

「はいっ。ようやく凶暴だった雄たちを大人しくさせることに成功しました。しかも、繁殖も可能な状態で」

おお、これでついにラリバードの養鶏をスタートすることができるのか。でも、あの雄を大人しくさせたとなると――

「やっぱりヒーリング草漬《づ》けにしたの？」

「いえ。雄の場合は、ヒーリング草だけでは逆に火を吹いてノリノリになってしまって、危ない時があるのです」

な、なるほど。ただ大人しくしている雌とは大違いだな。やはり攻撃性の強い雄の場合、薬中毒で暴れるというケースも出てくるよね。

「そこで、ノリノリにならないようにデトキシ草を一定の割合で混ぜました。適切な割合にするのは苦労しましたが、つい先日ようやくたどり着きました。ヒーリング草二に対して、デトキシ草一の割合ですね。これを与えると、火を吹いて暴れていた雄のラリバードが全羽リラックスし始めたんです」

そうか。デトキシ草でアルコールが抜けるように、ラリバードの何かしらの攻撃性ホルモンが抜かれたということなのかな。しかも、繁殖できるギリギリのラインの薬草配合を発見したと。

見事だ、ケンタッキー。さすがは、ラリバード飼育の第一人者なだけはある。

「わかった。そうしたらみんなにも伝えて、今後は雄のラリバードも捕まえるようにしよう。薬草が効いてくるまでどのくらいの日数が掛かる？」

「そうですね。だいたい三日で落ちます」

ケンタッキーがキメ顔で指を三つ立てて見せた。もう、ラリバード研究の第一人者を名乗ってもいいよ。

「わかった。では僕は、雄専用の耐火鶏舎を追加で用意する。ケンタッキーは火吹き攻撃に気をつけて養鶏を進めてくれ。生まれた子供はすぐに分別して、雄は食用に育てる」

「はい、お任せを」

こうしてラリバード飼育は、次の段階に移行することになった。

魔物の繁殖という、倫理的にやってしまっていいのか迷う微妙なラインについては、セバスを通じてマイダディに確認してもらう予定だ。もちろん、アウトだと言われてもやめるつもりはあんまりないけど。

辺境の地における、食料事情の改善に繋がるからね。養鶏が成功すれば、わざわざ魔の森に行ってラリバードを獲ってこなくても済むようになるし。

来春くらいには、新しいビジネスモデルとしてエルドラド領内で広げていってもいいのではないだろうか。


ということで、マイホームに戻ってセバスにお願いをしておく。

「セバス、そんな感じでお父様を説得してもらえないかな？」

「養鶏の状況次第ですが、この件につきましてはすでにフェザント様に話はしておりますので、きっと大丈夫でしょう。それよりも、このビジネスを他の村に拡大した場合、養鶏と飼育場の設備とヒーリング草の栽培がセットになるため、錬金術師の派遣が必須になるのがネックでしょうか……」

ラリバード自体が低ランクの魔物なので、何かあってもそこまで脅威になることはないとの判断なのだろう。問題はセバスの言う通り、錬金術師の派遣か。

設備は僕が行って造れば終わりだけど、ヒーリング草畑に毎日魔力を供給するためには錬金術師の常駐が条件になる。

「ヒーリング草がないと、ラリバードが暴動を起こすかもしれないね」

しかしながら、魔力供給可能な錬金術師の数は揃っていない。

「錬金術師の募集が急務でございますな」

「そうだね。ジミーたちも数週間でかなり成長しているし、今いる錬金術師たちはあと一ヶ月も訓練すればいいだろう。問題は追加の錬金術師の確保か……」

「今までの募集状況を考えても来春にそれなりに増えそうですが……給金をもう少し上げてみますか？」

派遣に出てもらう錬金術師には、派遣先の村でラリバード関連の製品の売上の何パーセントかを割り当てれば問題なさそうではある。卵、食肉、羽毛、余剰ヒーリング草の販売も合わせれば、それなりの額になるのは確かだ。

「いや、錬金術師は不遇職だから逆に怪しまれる可能性もある。それにジミーたちと条件が変わってしまうのはよくないからね。そうとなれば、冬場にレッド村でラリバードの飼育を試験的に行おうと思う」

「はい、ワグナーに伝えておきましょう」

実は野菜の販売に訪れたレッド村の村人からラリバードの飼育場のことが伝わり、うちの村でも育てたいと連絡をもらっていたのだ。

レッド村はネスト村からそこまで離れていないので、ゴーレム隊を派遣してヒーリング草を渡すことが可能だし、周辺の警備に合わせてヒーリング草畑に魔力供給するのもありだと思っている。

「この試験結果もお父様と情報共有することで、更に安心感が生まれると思うんだよね」

「はい、おっしゃる通りでございます」

レッド村には錬金術師団のリーダーに任命したジミーとラリバード飼育の第一人者であるケンタッキーを派遣することにした。あとはレッド村の村長との話し合いで、どのような形にするのか決めていくことになる。

一応、ブラックバッファローの骨粉《こっぷん》も渡しておいたから、ついでに実験してもらうつもりだ。あれで土が回復するなら、錬金術師をわざわざ派遣しなくてもよくなるからね。

仕事が僕の手を離れていくのは喜ばしいことだ。このままラリバード関連はジミーとケンタッキーに丸投げする方向でいこう。

たまに口を出すだけの上司という楽なポジションを早々にキープしたい。

◇

「クロウ様、とうとう安定的にAランクの回復ポーションが錬成できるようになりました！」

錬金術師のアトリエに赴くと、目の下にくまを作ったマリカが褒めて褒めてとやって来る。

そのうちにできるだろうと思っていたけど、とうとうAランクポーションを完成させたようだ。

「おめでとうマリカ。でもね、頑張りすぎるのも効率を落とすと思うんだ。もう少し寝た方がいいんじゃないかな」

「なるほどですね。それでクロウ様も睡眠を大切にされているのですね」

それは違うけど、そうなのかな……最近、ネスト村のあらゆる人に寝坊助《ねぼすけ》さんのレッテルを貼られている気がしないでもない。

しかしながら、錬金術師たちをブラックな環境で育成することは、僕の求めているところではない。

せっかく不遇な境遇から引っ張り上げたのに、過酷な労働状況に従事させるわけにはいかないのだ。

「休み時間をどう利用するかは個人の自由だけど、このアトリエにはマリカを尊敬している錬金術師も多くいる。君が無理すると周りも巻き込むことになるのを理解しておいてよ」

「わかっています。Aランクは完成しましたが、まだまだクロウ様の味には届いてません。これからは睡眠もしっかり取りながら味も追求していきます。神の頂《いただき》はまだ遥《はる》か彼方《かなた》ですね」

わかっているのかな。とりあえず、寝てくれるみたいだしいいのか。

僕はふと思いついて、マリカに尋ねる。

「あっ、それからマリカのゴーレムを一日借りてもいい？」

「魔の森へ行かれるのですか？　それでしたら、私もぜひお供を」

「いや、ちょっとした調査だし、疾風の射手とローズ、ディアナもいるから大丈夫」

更に言うとラヴィも一緒だ。ラヴィを保護した時以来の魔の森かな。

「そうでしたか。ではお帰りをお待ちしておりますね。それはさておき、久し振りにクロウ様のAランクポーションを勉強のために試飲させてもらいたいのですが……」

「えっ、それ必要なの？」

「味を定期的にしっかり記憶しておきたいのです。目指す頂《いただき》は、錬金術師全員で共有しておくべきですから」

なるほど、全員で少しずつ飲みたいということか。自分だけ飲むと言ったらもらえないと思っている感じがしなくもないが……

「わかった。一本だけだよ」

スチュアートは春まで来ないので、在庫を気にする必要もない。それにAランクは流通量を制限するって方針だしね。マリカも作れるようになったわけだし、それぐらいはいいか。

軽い感じで試飲とか、マイダディや公爵様が知ったら卒倒《そっとう》しそうだけどね。Aランクポーションは売ったら七千万ギルもするのだ。

「はいっ！　今日はもう食事もいりませんね！」

よくないのは、そういうとこだと思うよ、マリカ。

やはり、ジミーをリーダーにしたのは間違いではなかったな。

「ちゃんと食事と睡眠は取らなきゃダメだって」

他の錬金術師たちからも話を聞いておいた方がいいかな。そんなに無茶なお願いをしているわけではないけど、悩みごととかあったら相談に乗ってあげたい。十二歳の子供でよければだけども。

続いて広場にやって来ると、ローズがディアナに得意げにピザ作りを教えていた。

「ディアナ、魔の森へ行く前はここで朝食を取ることもあるの。ピザ窯は朝から火が入っているから、具材を載せればあっという間に完成するのよ」

「朝からローズお嬢様の手料理をいただけるなんて、私は果報者《かほうもの》でございます。このピザとやらは、記念に保存しておきましょう」

「何、馬鹿なこと言ってるの。いいから早く食べなさい。ピザは熱いうちに食べるのが一番なんだから」

ラヴィはご機嫌でラリバードの半身焼きに骨ごとガブついている。

疾風の射手の三名も朝食はピザだったらしく、すでに全員が集まっていた。というか、彼らはいつもピザ食べてるな。

「やっぱピザは最高っすね」

「これだけ美味しいのに手間が掛からないから助かるよね」

僕は、疾風の射手のリーダーであるヨルドに声を掛ける。

「お待たせしました。朝食はいつもピザなんですね」

「おはようございます、クロウ様。我々は料理が得意ではないので、だいたいピザですね。具材も変化できて飽きませんし」

「お昼や夜はどうしてたの？」

「お昼は、ネスト村の女衆にラリバードサンドを用意してもらってます。あっ、ちゃんとお金払ってますよ」

「夜はいつもバーベキューになりますね。やっぱり肉ですよ」

朝昼夜でほぼ固定メニューだったとは――

自分だけペネロペさんという優秀な料理人を雇っておきながら、周りが見えてなかったようだ。それまでは僕も自炊をしていたわけだけどさ。

移民の中には単身者で狩人チームに入る人もいたはず。それに、春に移民が増えれば魔の森に入る冒険者だってやって来るはずだ。何か考えておいてもよいかもしれないな。

「ヨルドは広場でラリバードサンドを売ってたら買う？」

「売るんですか！　それはもう毎日買いますね。実は、毎回女性たちにお願いするのも悪い気がしてたんです。彼女たちもラリバードの羽毛で布団を作った方が儲かりますし」

「人数も増えたわけだし、そういった需要にも応えていかないとね。セバスに話をしておくよ。実はキュウリンの販売所を作ってくれという話も来ていてね」

「ああ、川リザードマンですね……」

「ある程度需要の高い物については、どんどん改善していくから、気になることがあったら何でも話してね」

　ということで、魔の森へと出発だ。

◇

「それにしても、ギガントゴーレムって便利ですよね」

「うん、人も荷物も運べるしね」

「いえ、その図体《ずうたい》の大きさで馬とスピードが変わらないってとこですよ。おかしくないですか」

「ははは、便利でしょ」

　今日は疾風の射手に馬を渡している。近いといっても、魔の森まではそこそこの距離があるからね。馬は疲れたら休みも必要になるけど、ゴーレムは魔力がある限り動き続ける。

　ちなみに、ローズとラヴィ、ディアナは馬に乗れないため、ギガントの手のひらで座ってもらっている。僕も馬には乗れない。そのうち練習してもいいかな。広い牧場もできたことだしね。

「普段から馬で行ければ楽なんですが、そういうわけにもいきませんからね」

　魔の森に馬で入るのは難しい。そうなると、森の手前で馬を繋いでおかなければならないのだけど、魔の森に入っている間に襲われてしまったら目も当てられない。

「今日はギガントがいるからね。ワイルドファングが現れても森へ吹き飛ばしてあげるよ」

今日は僕も森に入るけど、ギガントゴーレムの遠隔操作は魔石を通して多少行える。ワイルドファング程度なら何の問題もないだろう。

ということで、ここからは小さなゴーレムで森へ入る。ジミーのゴーレムは魚臭《くさ》いので、ちゃんとマリカのゴーレムを借りている。

「さて、ヨルド、案内を頼むね。ブラックバッファローの棲息範囲までは最低でも確認したい」

「かしこまりました」

魔の森を歩くのは久し振りだけど、ここまでギガントに乗っていたので体力も十分。子供の体力ながら、同い歳のローズやディアナに負けてもいられない。


そう思っていた時もあったな……

今いる場所はまだワイルドファングの棲息域らしい。すでに二回目の休憩をしている。ローズが水筒の水を持ってきてくれた。

「クロウはもう少し体力をつけた方がいいんじゃない？」

「そ、そうだね。錬金術で何かできないか考えてみるよ」

「そうじゃないわよ。もっと動きなさいよ。子供は外を駆け回るものよ」

貴族の十二歳は子供なのだろうか。微妙なラインな気もするけど、ここはそんな階級が関係ない辺境の地。ならば子供でいいか。

「人はなぜ動くのか。動かなくてもよくなる暮らしを想像するのはダメなのか……」

「ローズお嬢様、クロウ様ってこんな哲学的な言葉を言う方でしたか？」

「ディアナ、これは哲学なんかではないわ。ただの怠惰《たいだ》よ。魔力の高い者って、稀《まれ》にこういう変な発想を持つから苦手なのよね」

「ディアナはローズお嬢様の魔力が高くなくて安心いたしました」

「それはそれでなんかムカつくわね」

ポーションで体力を回復できても疲れるものは疲れる。この森は道もなく、足場も相当悪い。しかも魔物が闊歩《かっぽ》するから、周囲を警戒しなければならない。

「それで、クロウ。何か森におかしな所でもあるの？」

「今のところは特に問題ないかな。前よりも魔物の数は減っているけど、これが魔の森の普通なんだと思う」

魔物は冬眠などしないので、季節によって数に変動はないと聞いている。

ラリバードの大量発生。それに伴ってワイルドファングが溢れるようになり、そして、ブラックバッファローの群れの発生へと繋がっていった。

僕が気にしているのは、大量のブラックバッファローを狩ったことによる、生態系への影響だ。

森は奥へ行くほど魔物のレベルが高くなっていく。

「今日はブラックバッファローの先の棲息域まで行くんでしょ。このペースで大丈夫なの、ヨルド？」

疾風の射手も、ブラックバッファローの棲息するエリアより先には足を延ばせていない。

「そうですね、魔物の数が減ってますし、現れた魔物もゴーレムとクロウ様の魔法で瞬殺されてます。実はそこまで時間もロスしておりません」

僕のせいでゆっくりめな進みになっているので、その分ぐらいは働く。こう見えて、多少は頑張れる領主なのだ。

「魔法使いってズルいわよね」

「僕は魔法使いじゃないよ。錬金術師だって言ってるじゃないか」

「ローズ様、普通の魔法使いとクロウ様を一緒にして考えるのはおやめください」

サイファが複雑な表情をしているな。また嫌われそうだ。

まあいい。僕が気にしているのは、ブラックバッファローを捕食していた高レベルの魔物が腹を空《す》かせていたら危険だということ。

養鶏が見えてきたラリバードを餌にして乗り切れるなら、それで勘弁してもらいたい。ワイルドファングでいいなら、ギガントで森の奥へ投げまくってもいいだろう。

「何事もないのが一番なんだけどねぇ」

「そろそろ行くわよ。何で午前中に二回も休憩を挟むのよ。それから、次からは私も戦うから」

この剣術バカは、自分が討伐できていないことに不満があるようだ。

どちらにしろ、ワイルドファングの棲息域を抜けたら、ブラックバッファローがお出ましになる。数はかなり減っているだろうけど、ゴーレム一体だけでは簡単には倒せないからね。

「うん、期待してるよ」

いや本当に。ここから先はみんなの力がないと厳しいだろう。

「クロウ様、もう少しお下がりください」

僕らの目の前にいるのは、ブラックバッファローの群れ。

数が少ないとはいえ、ブラックバッファローは単体Cランクの強敵だ。僕の操るゴーレムは後衛の守りに徹し、前方では慣れた様子のローズが無双《むそう》している。

「えいっ！　やぁぁー」

「奥は私が受け持ちます！」

前衛がローズとディアナ。後衛に疾風の射手とゴーレム。かなり安定した戦いができている。

敵の数が増えればゴーレムを遊撃として前に出してもよいかもしれないが、今のところその必要はなさそうだ。

ディアナがタンク的な役割も担えるのが、戦闘をより安定させているのだろう。

ちなみにラヴィは眠いのか、それとも久し振りの魔の森に心を落ち着かせているのか、僕の腕の中でお昼寝タイムに突入している。

魔の森でお昼寝するとは、将来は大物になるに違いない。

まあ、Aランクが確定してるんだけども。

そうして、少しずつ戦闘を重ねながら進んでいくと、ようやくブラックバッファローの棲息域を越えたらしい。

周囲の雰囲気が変わったのがわかる。

ここまで来ると魔の森の姿は、徐々に山地へと変わる。傾斜が多くなり、歩きづらい場所も増えて、道を拓《ひら》きながら進まなければならない。

進むだけでも大変なのに、ブラックバッファローよりも強い個体がいる可能性があるのだ。周囲を警戒しながらの険《けわ》しい登山となると、僕のような初心者には当然厳しい。

「帰りを考えたら、もう引き返したい気分だよね」

本音がつい言葉となって出てきてしまう。

けれど、先頭を進むローズとディアナの二人は、早く来いと言わんばかりの視線を送ってきた。

二人を追いかけるようにしてネルサスが付いていている。

「そうですね。でも、せっかくここまで来たのですから、魔物の姿ぐらいは拝んでおきましょう」

ヨルドがそう言い、サイファと一緒に僕の背中を押してくれるので何とか頑張れている。魔法使いのサイファですら一人で歩いているというのに、本当に情けない。

ちなみに体力的にラヴィを持てなくなったので、ラヴィはゴーレムの背中に布で括《くく》りつけて運んでもらっている。

ラヴィさんや、そろそろ自分で歩かないか。誰に似たのだろうか、この寝坊助さんは。

「魔物の気配がするわ」

先頭を行くローズが手を後ろに回して、警戒のサインを送ってきた。視線の先で何か動いたのだろうか。前方を確認しながらも、足場のよいスペースを探している。

ブラックバッファローよりも上位の個体となると、そのランクはBの可能性が高い。群れていた場合はAランクにもなりうる。

その時は、僕も魔法で応戦しよう。そうしなければならない戦いが待っているはず。

「いたわ……」

ここからはわからないが、ローズとディアナにはその姿が見えているようだ。できることなら相手に気づかれないように近づきたい。

ローズからは、下がれの合図が送られてくる。気づかれたのか。

ディアナが僕のもとにやって来て、小さい声で告げる。

「……エルダーグリズリーです。単体ですが、こちらのことはすでに気づいているようです」

森の熊《くま》さんか。熊は嗅覚がかなり鋭い生物だと聞いたことがある。かなり前から気づいていたとしてもおかしくない。

「ヨルド、エルダーグリズリーのランクは？」

「Bランクです。単体ならこのメンバーで問題ないかと」

ヨルドはいけると踏んでいるようだ。Bランクということは、複数のブラックバッファローが現れた場合と同じか。

「エルダーグリズリーは群れる魔物？」

「いえ、縄張り意識が高く、個で活動する魔物と聞いています」

ほう、群れない魔物であれば何とかなりそうだね。

「周辺を確認のうえ、他に魔物の気配がなければ倒そうか」

「了解です」

「クロウ、隊形はどうするの？」

「今までと同じで。場合によってはゴーレムも前に出すよ」

「わかったわ」

こちらが見つかっている状況なら作戦も何もない。正面から向かって倒すまでだ。と言いつつ、後ろから魔法で攻撃するかもだけど。

「ラヴィ、ゴーレム使うからこっちにおいで」

さすがに、ラヴィを背負ったままでゴーレムを戦わせるわけにはいかない。ようやく目覚めたらしいラヴィは、温《ぬく》もりを求めて僕の腕の中に戻ってきた。

「さて、いくよ！」

斜面を駆け上がりながら、エルダーグリズリーのいる場所を確認する。

視線の先には、木陰《こかげ》に隠れるようにしているのにその巨体をまったく隠しきれていない熊――単体でBランクの魔物エルダーグリズリーがいた。

「何だか様子がおかしいわね……」

「は、はい。エルダーグリズリーが震えています」

どういうこと？　何で熊が怯えているの。

「クロウの方を見てない？」

「はい、間違いなくクロウ様を見ていますね」

まるで意味がわからない。

何で、Bランクのエルダーグリズリーが僕を見て怯えるのか。

「クロウ、あなた何かしたの？」

僕、何もしてない。冤罪《えんざい》だってば。

「いや、初対面だし。そもそも、僕が魔の森にほとんど来たことがないの知ってるよね？」

熊に同情が集まってしまうこの不思議、この状況はいったい何なのよ。

僕が一歩前に進むと、エルダーグリズリーは目を逸らさずに一歩下がる。

なるほど、何となくわかったような気がする。エルダーグリズリーは僕を見ているのではなく、ラヴィの気配を感じているのだ。

ラヴィの匂いや気配を感じて、恐ろしいほどの警戒をしている。これは本能に刻み込まれた逆らえないやつなのだろう。

僕がラヴィを持ち上げると、エルダーグリズリーの目は上に向く。横にずらすとそのまま追いかけていく。

「ラヴィを見ているね。このサイズのラヴィーニファングでもここまで警戒されるのか」

「ということは、エルダーグリズリーの棲息域を越えた先に、かつてラヴィーニファングがいたと考えてよさそうですね……」

魔の森は広大で、魔物の棲息域も入り組んでいる。他のCランクやBランクの魔物の棲息域も混じっているはずだ。

それでも僕たちが進んできた先には、間違いなくあのラヴィーニファングがいたのだろう。

「エルダーグリズリーは、ラヴィーニファングが戻ってきたのではないかと警戒しているってことかな」

「そのようね。かなり逃げ腰みたいだけど戦うの？」

「もちろん。Bランクの魔物がどれほどの力なのか知っておきたい。この先にあるであろう、ラヴィーニファングの棲息域も確認したいしね」

ここまで見てきた感じでは、魔の森が落ち着きを取り戻しつつあるのは間違いなさそうだ。

ラヴィーニファングのいた棲息域も、周辺の魔物たちがその縄張りを広げながらカバーしていっているると予想できる。

僕が気にしているのは、この中域においても魔物の異常発生が起きていないかだ。

かつて何が起こったのかはわからないけど、今の時点では特に心配するような事態には至っていないっぽい。

「よし、じゃあ始めるよ！」

さあ、今夜は熊鍋に決定だ。単体Bランクとやらの力、見せてもらおうか。

ディアナが威嚇しながら前へ進み出ると、ローズも素早く続いていく。僕の操るゴーレムはローズたちと距離を空けつつ、エルダーグリズリーの逃げ道を塞いでいった。

それで、どうやら逃げられないと悟ったらしい。エルダーグリズリーは、目の前まで近づいてきたディアナに突進してきた！

「錬成、空気砲！」

ディアナに飛びかかろうとした瞬間を狙って、空気砲が下から顎《あご》を突き上げる。

「ええいっ！」

その隙を逃さずディアナは大剣をなぎ払い、エルダーグリズリーの胸を深く抉《えぐ》った。ディアナがその場を離れると、疾風の射手が放った矢がエルダーグリズリーに刺さる。

更に続けて――

「炎の槍よ、かの者に突き刺され！　ファイアランス」

サイファの火属性魔法が、エルダーグリズリーの動きを封じようと足の付け根目掛けて飛んでいく。

しかし、どうやら隙を突けたのはここまでで、俊敏なエルダーグリズリーにかわされてしまった。

だが、本命はこのあとの攻撃にある。

魔法に紛《まぎ》れるようにして、風属性の身体補助魔法を身にまとったローズがすでにエルダーグリズリーの真後ろにいるのだ。

エルダーグリズリーが後ろを振り向いた時には、もう剣を一閃したあとだった。

右腕がぼとりと落ちる。

ローズは、エルダーグリズリーの屈強な腕をいとも簡単に斬り裂いてみせた。

ディアナが驚いている。やはり、身体補助魔法を掛けて振るわれる剣のスピードは格段に破壊力が違う。

「グォォオオオオ！」

血しぶきとともに、エルダーグリズリーの叫び声が周囲の空気を震わせていく。

ここまでは順調だ。

すぐにディアナが大剣を前に出しながらエルダーグリズリーを威嚇する。隊形は崩れていない。

強いて言うなら、空気砲を撃っただけでゴーレムを動かしていない僕が、若干みんなの足を引っ

張っている感じだろうか。

うーん。でも、ローズの動きが速すぎて、下手に動くと邪魔になりそうなんだよね。こういう、全体で動きを合わせながら戦うのってなかなか難しい。

「じゃあ、まったく関係ないところで突撃させてみるか」

目の前には、少し距離を取りながら威嚇を繰り返すディアナ。他のみんなも様子を見ている状況だ。いわゆる膠着状態《こうちゃくじょうたい》というやつ。

ということで、僕はゴーレムを操って突撃させることにした。もちろん、ゴーレムに気を取られたエルダーグリズリーの足をアースニードルで突き刺しておく。巨体に似合わず動きが俊敏だったからね。

右腕に続いて両足も潰したことでもう逃げられないし、あとは体力を削《けず》っていくだけだ。

突然足を縫いつけられてしまったエルダーグリズリーは、振り向くこともできずにゴーレムの右フックを脇腹にもらう。

「ガフッ、グオオッ！」

くの字に折れ曲がったところを、狙い澄ましたかのように打ち下ろしの左で顎を揺らす。

足が固定されているおかげで、ダメージをかなり受けているっぽいな。

「よしっ、ゴーレム。左アッパーだ！」

僕の指示通りに、フラフラになったエルダーグリズリーの首を突き上げるようにフルスイング。

頑丈と思われたその極太の首は、頭ごと吹っ飛んでいった……

「あ、あれっ……」

ゴーレムの後ろ姿は、いつぞやのギガントゴーレムが見せたガッツポーズを思い出させた。

「ク、クロウ様。そのゴーレム、とんでもない兵器だったんですね……」

ディアナが驚いているのがなぜか新鮮に感じる。ラヴィを運ぶだけの便利ゴーレムではない。ちゃんと戦えるゴーレムなのだよ。

「ディアナはギガントゴーレムが戦っているところを見てないから。あれはもっと酷いわよ……このゴーレムがまるで赤ん坊のように感じるから」

「このゴーレムが赤ん坊扱い……た、確かにあれだけの大きさのゴーレムです。戦ったらすごいことになりそうですね。お供え物とかあったので、最初は畑にある黒い石像だと思っていたのですが、動くし速いしで驚きっぱなしです」

普通、畑に石像とか造らないから。

ギガントゴーレムで新しく新興宗教が始まってしまいそうなネスト村に、若干の不安はなくもない。

ローズがふと思いついたように言う。

「クロウ、その、ディアナにも武器を造ってもらえないかしら？」

「うん、そうだね。ディアナもしばらく魔の森に入ってくれるわけだし。その大剣ちょっと貸してもらえるかな」

「あっ、はい」

「なるほど、重さはこんなもんか。同じような大剣でいい？」

「は、はい。ローズお嬢様と同じような武器をいただけるのでしょうか」

「うん、ブラックバッファローの骨から武器を錬成するんだ」

「武器を錬成？　……私の知っている錬金術師の存在は、一度キレイさっぱり忘れた方がよさそうですね……」

不遇と呼ばれた錬金術師は、一般的にCランクポーションを作る人を指す。作っても作っても儲からない底辺の職業だ。

他にも苦労している錬金術師たちはいっぱいいると思うので、可能な限り手を差し伸べたい。ラリバードの養鶏とヒーリング草畑はセットになるので、そこには錬金術師による畑への魔力供給は必須。つまり、村に一人は錬金術師が必要なことになる。

もちろん、骨粉によるヒーリング草の成育が順調であれば、そこまで急拡大で人員を増やさなくても大丈夫にはなるけど、それはレッド村での実験の結果次第だろう。

「さて、じゃあそろそろ戻ろうか。エルダーグリズリーは血抜きをしながらゴーレムに運ばせよう」

僕がそう言うと、ディアナがお願いしてくる。

「クロウ様、その私の武器ですが、大剣ではなく、ロングソードにしてもらえますか？　それと可能でしたら盾もお願いしたいのです」

このメンバーを見る限り、オウル兄様が抜けたことで後衛に偏りすぎているのは否めない。ローズだけだと攻撃に重量感が出せないので、どうしても後衛に負担が出てしまうか。

ディアナが入ったことで戦闘が安定してきたのは確かだし、盾持ちとしてタンクを担えるようになれば更に安定度が増すのは間違いない。

「ディアナは盾を使った経験はあるの？」

「私もローズお嬢様と同じく騎士学校を目指しておりますので、盾の訓練もしています」

なるほど。ローズが騎士学校に行く時に、ディアナも侍従としてついていくのだろう。

「それならば問題ないか」

「村に戻りましたら、私が使用している盾をお渡しいたしますので、それに近い形でお造りいただけると助かります」

「うん、了解したよ」

ディアナの武具の錬成を約束して、ネスト村に戻ることになった。

もちろん、途中でブラックバッファローの素材を大量に回収していくことにする。

僕はふと思い出してローズに尋ねる。

「それにしても、ラヴィの行動には何か意味があったのかな」

「言葉がわかれば、意味もわかるんでしょうけどね。特に意味はないかもしれないし、あるいは何かあるかもしれないわ」

エルダーグリズリーを倒したあと、ようやく目が覚めた様子のラヴィが、なぜかマーキングをしていたのだ。しかも同じ場所ではなく、周辺を念入りに。まるで、この場所は自分のものだと言わんばかりの行動に見えた。

「近いうちに、またこの場所に来てみよう。そうしたら何かわかるかもしれないしね」

ペットに近い感覚だったけど、ラヴィはAランクの魔物の子供だ。推測の域を出ないが、エルダーグリズリーのいたこの場所を、自分の棲息域としたのではないだろうか。これは、初めてラヴィが見せた魔物本来の行動なのかもしれない。

「そうね。ずっと寝ていたくせに何かやりきったかのような顔をしているのは、いったい誰に似たのかしら？」

そう言って僕の方を見るのはやめてもらえるだろうか、ローズよ。

「はいはい。今日はギガントゴーレムがいるんだから、バッファロー肉は大量に持ち帰るよ」

今日は魔の森の調査はもちろんだけど、バッファロー肉の確保も目的の一つだった。

ネスト村も人数が増えたから、肉の消費もそれに伴いハイペースになっている。備蓄は十分だけど、やはりたまには新鮮な肉も食べたくなる。新鮮じゃないと内臓とか食べられないからね。

「僕は先にゴーレムとエルダーグリズリーを持って森を出るね。あとでゴーレムを向かわせるから、それまでに十体は狩っておいてよ」

今後はゴーレムを、討伐した魔物の運搬用に利用することも考えなきゃならない。そうなると、ゴーレムの数も錬金術師も全然足りなくなる。

あー、春が待ち遠しいよ。スチュアート、しっかり移民集めを頼むよ。

◆

私、スチュアートが王都ベルファイアに戻ってからというもの、スチュアート商会には連日多くの客が押し寄せている。

これはBランクポーションの影響が大きい。マリカ・クレメンツという天才少女が王都からいなくなり、そのポーションをスチュアート商会で引き受けることになったのだ。

客たちがこそこそと話している。

「……マリカ・クレメンツがエルドラド領に行ったというのは本当だったのか」

マリカさんが作っていたBランクポーションはすでに完売しており、今は鳥印の瓶のエルドラドポーションを販売している。

やはり、貴族であるエルドラドのブランド力は絶大なようで、その効果、味ともに評価が高まっている。

「ガラス瓶を作っていたドワーフ兄弟も向かったと聞いた。エルドラド領で何が起きているのだ」

人が集まれば憶測を呼ぶ。

エルドラド領で何が起こっているのか。そのことについて聞かれることが増えてきたが、全てが秘匿事項であり、商会としては何も答えるつもりはない。

スチュアート商会は、エルドラド領お抱えの商会。あくまでもエルドラド領が第一なのである。商会が約束を破ればエルドラド領での商《あきな》いができなくなるし、ネスト村の今後の成長を考えるとそんな馬鹿なことは絶対にありえない。

クロウ様はまだまだとんでもないことをしてくれると思う。キャラバンが到着するたびに特産品が増えていくし、仕入れるためのお金がいくらあっても足りない。

来春は村がどんなことになっているのか楽しみでもあるが、少し恐ろしくもある。

「スチュアートよ、エルドラド領はマリカ・クレメンツにいくら出しているのだ？　他にも優秀な錬金術師を囲っているのか？」

「さて、私には何のことやらわかりませぬ」

「最近では領都バーズガーデンでの検問がかなり厳しくなっていると聞いているぞ」

Bランクポーションの取り扱い上、貴族のお客様も増えている。少しでも情報を集めようと躍起になっているのは肌で感じている。

「ポーションで荒稼ぎして、辺境を開拓する費用に回しているということか」

「魔の森でランクAの魔物の死体をたまたま発見したと聞いた。その素材の販売益で強引に開拓を進めているのであろう」

当たり前の話だが、エルドラド家の若干十二歳の三男、クロウ様が一人でやっていることだとは誰も思っていない。

私自身もクロウ様にそこまでの才能があったとは夢にも思わなかった。

どこまで隠し通せるかわからないが、商会としては可能な限りクロウ様とフェザント様の要望に応えていきたい。

スチュアート商会ではエルドラド領における開拓民の募集を大々的に行っている。農家、料理人、狩人、冒険者、そして錬金術師。

春からはネスト村に商会の店を構える予定で、多くの人員を送り込む。宿屋、定食屋、道具屋、武器屋など、クロウ様の希望にお応えできる人材を選りすぐって準備しているところだ。

「ここがスチュアート商会か」

そして貴族のお客様が増えることで、商いのチャンスも広がっていく。

「魔石を集めていると聞いたのだが」

「はい、ただいまの時期限定で市場価格よりも少し高く買い取りをしております」

「そうか。我が男爵領でも秋の収穫が芳《かんば》しくない。今年の冬はどこも厳しいと聞く。少しでも買い取りをしてもらえると助かるのだが」

「やはりそうだったのですね。ここだけの話ですが、エルドラド領で大変流行っている作物の成長を助けるという魔法の粉があるのですが……興味ございますか？」

「エルドラド領で流行っている魔法の粉だと⁉」

「は、はい。製法は秘密なのですが、この白い粉を畑に混ぜ込むと、作物の成育がとてもよくなるとのことです。現在、サービス特価中ですので、お試しいただくのはいかがでしょうか」

「まさに飛ぶ鳥を落とす勢いのエルドラド領で流行っている代物。ここは一つ、いや、三袋買わせてもらおうか」

「毎度ありがとうございます」

骨粉に関しても、冬の間に農村を回らなければと思っていたが、何もせずとも売れてしまいそうな勢い。今年は不作の領が多いようで、お金に替えようと魔石も多く集まってくるし、骨粉もエルドラドのブランドのパワーで売れていく。

そして、厳しい冬を過ごさなければならない農家は、エルドラド領の開拓民の募集が気になってしまうのだ。

ローゼンベルク公爵様の派閥外の領地において募集を掛けているが、その反響はかなり大きいと聞いている。

開拓による税免除はもちろん、畑、家付き、一年目の冬を過ごす食料も面倒見るとか破格すぎて、冗談か何かの間違いではと聞かれることが多い。

「このペースだと春には千人規模の移民団になりそうですね……あとは錬金術師をどんどんスカウトしていかなければなりません」

5 不穏な動き

今日の収穫はエルダーグリズリーが一体に、ブラックバッファロー十二体。エルダーグリズリーは、その巨体からかなりの肉が採れそうなので、鍋にしてみんなに幅広く振る舞うことにする。

移民の数も増えたので全員分は厳しいけれど、足りない分はバッファロー肉で勘弁してもらおう。

僕、クロウは疾風の射手のリーダーであるヨルドに告げる。

「疾風の射手の三人は、それぞれ移民の人たちにバーベキューの準備と案内をよろしくね。ネスト村とラグノ村の人には、僕の方から伝えておくから」

「かしこまりました。そういえば、エルダーグリズリーは両手の爪と毛皮が高額で取引されますので、解体の際は注意するよう伝えてください」

なるほど、爪と毛皮は傷つかないように慎重に回収してくれということだね。

「うん、わかった」

熊肉についてはペネロペにお任せすることにする。獣臭《くさ》さがあるだろうけど、ヒーリング草かデトキシ草を使って上手く調理してくれるだろう。

ブラックバッファローは村のみんなも慣れたものだから、好きなようにやらせておいて問題ない。焼肉に串焼きからステーキ、煮込みからスープまでいろいろな料理ができ上がるはずだ。

そして新鮮な肉からは内臓もいただける。レバーやホルモンが食べられる。ネスト村の人たちも大好物な代物だ。

村に戻るとすでに解体チームが待ち構えていた。

僕がギガントゴーレムで魔の森に向かったのはみんな知っている。調査名目だったけど、それなりの量の魔物を狩ってくることは想定済みだったのだろう。今回ギガントは荷物運び要員だったけれどもね。

「こ、これはまた、大きいグリズリーですな……」

この世界における一般的な大きさのグリズリーがどれぐらいのサイズなのかはわからない。それでも、体長五メートルを超えるエルダーグリズリーはかなり迫力がある。

「広場まで運ぶから解体よろしくね。エルダーグリズリーはペネロペの指示で鍋にしてもらうつもりだから」

「はい、お任せを！」

村人の一人が、すぐにペネロペを呼びに行ってくれた。

それにしても、これ、ゴーレムがいなかったらどうやって運ぶんだろうってサイズだよね。今後のことを踏まえて、討伐した魔物の運搬用に何か考えなきゃならない。

四足歩行のゴーレムをワイルドファングみたいな感じで錬成してみようかな。荷台についてはドワーフ兄弟にも相談してみるか。

馬だから襲われる可能性があるわけで、ゴーレムだったら返り討ちにできるし、相手によっては逃げることもできる。

そんなことを考えているうちに、村人によってどんどん解体が進んでいく。売り物になる爪を慎重に取ると、手際よく毛皮が剥かれていった。

「きゃう！」

骨が見えてくるとラヴィがだんだん興奮してきたのでいったん牧場へ向かうか。今日はチーズやバター、ミルクも大量に使うことになる。

「ラヴィ、離れたくないのはわかるけど牧場に行くよ」

広場を離れたくない気持ちと、牧場で遊んでもらえるかもという心の葛藤《かっとう》から、ラヴィは首を傾げたまま固まって悩んでいる。しかしながら、僕が歩き始めると後ろ髪を引かれるように諦めてついてきた。

「き、きゃう……」

何度も振り返ってはエルダーグリズリーの骨を見ている。

「そんな声で鳴かないでよ。あとでたっぷり骨付き肉を用意してもらうからさ」

僕の言葉が通じたかどうかはわからないけど、すぐに横にピッタリとついて歩いてくれた。

特に指示をしたわけではないけど、歩く時はだいたい隣をキープしている。ラヴィ的に群れのボスである僕を、何かしらから守ろうとしているのではないかと思っている。

村の外でもだいたい横にいてくれるし、ゴブリンの臭《にお》いを感じたらすぐに僕に知らせてくれる。

ちなみに、お手とお座りは僕がしつけをして覚えさせた。最近では朝ご飯の前にペネロペもやっているので、これをすれば何かよいことがあるのだとラヴィも理解している。


「クロウ様、父ちゃんに用事ですか？」

ラグノ村の居住区に入ると、すぐにドミトリーの息子チャンクが僕を見つけてやって来た。

ラヴィも挨拶のタックルをチャンクに食らわせる。ラヴィ的には気心知れた仲間の一人という扱いなのだろう。

羊を追うラヴィは牧場でも人気者だ。最近では夕方になると牧場にやって来てはお手伝いをしているらしい。

「い、痛いってば、ラヴィ」

そう言いながらも、顔中をラヴィに舐められまくって少し嬉しそうにしている。

チャンクを倒せば顔を舐められる。だからタックルして倒すという行動なのだろう。意図はわからないが、仲間へのスキンシップ的なものの一つと思われる。

僕は、ラヴィに押し倒されたままのチャンクに答える。

「うん、魔の森でエルダーグリズリーを狩ったから、みんな集めて鍋や焼肉をするんだ。ドミトリーさんに調理の手伝いとか、チーズとかいっぱい持ってくるように伝えてもらえる？」

「エルダーグリズリー！　やっぱり大きいんですか？」

草原で暮らしてきたチャンクは、魔物といえばスライムやゴブリンぐらいしか見たことがない。ごく稀にオークの姿を見かけることもあったらしいけど、その時は全力で逃げるとのこと。

「そりゃもう。チャンクが十人いても足りないぐらいの大きさだね」

「それだけあれば少しは肉をいただけそうですかね。ネスト村に来てから肉を食べる機会が増えてとても充実しています。グリズリー肉も楽しみですね」

熊鍋が開催されるとあって、ラグノ村の人々も半数が手伝いに来てくれた。エルダーグリズリーを見たいという子供たちも多いようで、広場はとても賑やかだ。

首のない熊が娯楽になってしまうなんて、辺境の地って恐ろしい。

「でっけーな！」

「あんなのどうやって倒せるんだよ」

「そりゃあ、クロウ様のギガントだろ」

「いやいや、ギガントだったらミンチになってるって」

「ということは……」

「きっとローズ姉ちゃんが馬鹿力を出したのよ」

「お、おおう……」

ここの子供たちはたまにローズが貴族の令嬢であることを忘れる。歳もそこまで離れていないので、逆らってはいけない強い女の子といった認識なのかもしれない。

確かに貴族の令嬢っぽくないからしょうがない。今後は、ディアナが来て令嬢扱いをされることが増えてくると思うので、少しずつ改善される可能性もなくはない……と思う。まあ、どっちでもいいか。

ちなみに、ラヴィはチャンクに預けてきた。羊追いの仕事が終わったら戻ってくるだろう。熊鍋があるから、今日は少し早めに羊を厩舎に戻すと言っていた。羊さんごめんなさい。明日はゆっくり牧草を食《は》んでもらいたい。

それにしても、魔物であるはずのラヴィが普通に受け入れられているのは改めて感謝しかないな。子供たちとも仲良く遊んでるようだしね。

これがもう少し大きくなってきたらどうなるのか。ちょっと心配だけど、それでも賢い子なので大丈夫だと思っている。子供の遊び相手もやってるし牧場でも働いている。こんな賢い魔物はいない。

魔物もAランクになると知能も上がるのだろうか。ラヴィは小さい頃からかなり頭がいい。

そういえば、Bランクのエルダーグリズリーも恐怖を感じていた。ランクが上がることで、知能レベルが上昇する可能性はあるのかな。

「ペネロペ、エルダーグリズリーは美味しい鍋にできそう？」

「そうですね。焼くと硬くなりそうな赤身肉なので、鍋に向いてるかもしれません。内臓も一緒に煮込みながら、臭《くさ》みとアクを取って仕上げていきますね」

食材の性質を見ながら調理をしてくれるので、大きな間違いは起こらなさそうだ。スパイスが増えれば料理の幅も広がるだろうけども、今はまだしょうがない。塩と胡椒とバター、ミルクを使って味を調整している。

バーベキュー用のテーブルを見ると、バッファロー肉が大量に焼かれていて、その端肉をあてにノルドとベルドのドワーフ兄弟が酒を飲んでいる。

あの二人はそんなに食べないからあれで十分なんだろうな。お腹がいっぱいになるとお酒が入らないとか言ってたから。

僕は二人に声を掛ける。

「ラグノ村の人たちの器具は順調にできそうなの？」

「おう、坊主か。チーズ工房の方はもう試作品が完成しているぞ。毛糸の方がちょっと複雑で手こずっているがな」

「お前さんの書いた巻き取りの部分さえ上手くできればすぐじゃよ」

「酔っ払ってるのに、意外と普通に会話が成り立つのが不思議だよね」

「ベルド、こいつ馬鹿にしとるのか？」

「ふん、わしらはこんなもんじゃ酔わぬ。やっと目が冴《さ》えてきたとこじゃ」

たぶん寝る前が一番酔っているんだろうな。何か打ち合わせするなら、午前中から午後にかけてぐらいがちょうどいいだろう。

「ちょっとお願いがあるんだけどいいかな。毛糸の巻き取り機が片付いてからの方がいい？」

「おっ？　また新しい物を造れるのか？」

「気にするな、まずは話してみろ。聞いてから判断するわい」

「魔の森に行く疾風の射手や狩人チームに、ゴーレムで引ける荷車を用意したいんだ」

「ほう、ゴーレムに引かせる荷車か」

「春になったら四足歩行のゴーレムも造る予定だから、どちらでも対応できるようにしてもらいたい」

「乗せるのが魔物の肉と素材ということは、乗り心地は気にしなくていいんだな」

「人が乗ることもあると思うけど、多少の揺れはいいよ。とりあえず落ちなければいいかな。魔の森までは、たいした距離でもないしね」

「どのくらいの荷の規模で考えている？」

「うーん、ブラックバッファロー十体分てとこかな」

「そりゃ無理じゃ」

「……いや、坊主が車輪を作るならいけるか」

「車輪？」

「重量を考えると硬い岩か、いや、ブラックバッファローの骨を使って錬成すればいいじゃろ」

「そうだな。壊れなければいい」

ブラックバッファローの骨、使い道がいっぱいあるな。それなりに量も採れるし、丈夫だし、武器も造れる。

その後は車輪や荷車の大きさを打ち合せしてたら、いつの間にか熊鍋パーティーが始まっていた。バッファロー肉も大量に、お酒も樽を開けて振る舞われた。

パーティの間、僕はディアナが持ってきた盾のサイズと重量を見て武器を錬成し、ついでに狩人チームの弓と矢を残りの骨で造ってあげると、みんなとても喜んでくれた。

どうやら、ブラックバッファローの武器に憧れがあったみたいだ。身内なら素材さえあればいくらでも錬成してあげるのにね。

◇

そんな楽しいひと時をのんびりと過ごしていたところに、その一報は入ってきた。

「そ、それは本当ですか……斥候は倒したのですね」

あまり大きな声を出すイメージのないジミーが激しく動揺している。

「どうしたの、ジミー」

「ク、クロウ様、北東の方角よりオークの大群を発見したとの報告が。斥候は襲いかかってきたので、ゴーレムで倒したとのことです」

周辺の警護をしてくれていたゴーレム&馬コンビが発見して急ぎ戻ってきたらしい。

「それで、オークの数は？」

「か、数えきれないほどの大集団です。武器を持って防具を装着して。ま、まるで戦争にでも向かうような出《い》で立《た》ちでございました」

ゴーレム隊が発見したオークの集団は、ネスト村から十数キロほど離れた場所にいたとのこと。

目的地がネスト村なのかはわからないけど、川沿いではなく陸地を進んでいることから判断するに、ネスト村もしくは魔の森が目的地になりそうだ。

冬越えの食料調達にしてはちょっとやりすぎな行軍らしい。

「ワグナー、オークがこの辺りまで来たことって今までにあった？」

「い、一度もございません」

つまり、ネスト村というより魔の森に向かっていると考えた方が正しいのかな。しかしながら、そのルート上にはネスト村があって、多くの人と草食動物が暮らしている。

わざわざ魔の森に行かずとも食料にありつけてしまうというわけだ。

「セバス、知っている範囲でいい。オークのことを教えてもらえるかな」

「はい。森に棲む二足歩行のボアタイプの魔物でございます。単体でDランク、群れることでCランクに。パワータイプで頭は悪い。ですが、ボス個体の指揮下に入るとその頭の悪さが猪突猛進《ちょとつもうしん》の戦士に変わり、かなり厄介になります」

「指揮下っていうのは、ボス個体がいたらってこと？」

「進軍しているということは間違いなくいるでしょう。おそらくオークジェネラルが。オークキングでなければよいのですが……」

更にオークキングには特殊なスキルがあるようで、発動すると三日の間は兵糧《ひょうろう》がいらず、どんな内容であっても指示通りに動かせてしまうという。一番問題なのが、兵全体の底上げ効果によりステータスが約二倍になるらしい。

「つまり、スキル発動から三日間はAランク級の群れとなって襲いかかってくるということか。オークキングがいたら相当厄介だな」

せっかくのバーベキューが台無しになってしまった。数時間後には、オークの群れがやって来てしまう。ネスト村をスルーしてくれるならいいけど、そうはならないだろう。

「セバス、カリスキーを呼んできて。それから、マリカは毒消しポーションを広場に持ってくるように指示を」

「かしこまりました」

「はい！」

気持ちよく酔っ払っているところ申し訳ないが、毒消しポーションでアルコールは抜いてもらわなければならない。

セバスとマリカと入れ替わりで、カリスキーがやって来る。

「お呼びですか、クロウ様」

「おっ、カリスキーはお酒を飲んでなかったんだね」

「今日は当番だったので、食事だけいただいてました」

狩人チームも人数が増えたことで三チームに分かれて当番制を組んでいる。つまり、カリスキーは今日の夜番だったということか。

「ジミーもいるね。それじゃあ話すけど、聞いての通りオークの軍勢がネスト村に近づいてきている。錬金術師も狩人チームも全員広場に集めてもらえるかな。お酒が入ってる人には毒消しポーションを渡すように」

「かしこまりました」

「はっ」

「カリスキー、矢を大量に錬成する。村にあるブラックバッファローの骨を全て残らず掻き集めてほしい」

「了解でございます」

「ジミー、錬金術師たちに外壁を分厚く錬成させるように、それから堀を造らせて。マジックポーションはいくらでも使っていい」

「すぐに！」

「ゴーレムの魔力供給も忘れないようにね」

カリスキーとジミーがその場を去っていく。

あとは避難指示か。軍勢で来られるとなると、どこが安全なのかね。

「ワグナー、チチカカさん」

ワグナーは僕の近くで指示を待っていたけど、チチカカさんはどうしたらいいかわからないようで、とりあえずキュウリンを袋に詰め始めていた。

「弓を扱える人はカリスキーのもとに集まるように指示を。ケポク族の皆さんは、全員ネスト村に避難するように伝えてもらえますか？」

チチカカさんがのんびりと応える。

「したっけ、逃げなくていいべか？　大量のオークが来たら、この土壁だってどうなるかわかんねぇっぺよ」

「今から逃げていたら、きっとオークの軍勢に呑み込まれてしまいます。いや、ケポク族だけなら川に避難することもできるのか。どうします？」

「川が絶対に安全ということはねぇっぺ。クロウたちがいなくなったらケポク族も終わりだべ。キュウリンのためにもここで何か手伝わせてけろ」

「ありがとうございます。そうしたら、これから僕が広場で大量に弓矢を錬成するので、戦いが始まったら外壁にいる狩人の方々に物資をどんどん届けてもらえますか」

「ああ、任せるっぺよ！」

今回はネスト村の人たちにも残ってもらうしかない。たとえ逃げたとしても、女性や子供たちは体力的にも厳しい。だから何としてもここを死守する。

「ワグナー、戦えない人たちにも、狩人や錬金術師たちに弓矢や石や、ポーションを届けるように指示を頼む」

「かしこまりました」

壁の外で戦えるのはローズとディアアナぐらい。それから遠隔操作で動くゴーレムが十体か。疾風の射手は基本的に後衛だから、狩人チームに組み込んでリーダーをしてもらう方がいい。

ローズとディアアナは手足を伸ばして体をほぐし始めている。どうやら戦う気満々らしい。清々《すがすが》しいほどに戦闘狂だな。

そこへ、マリカが戻ってくる。

「クロウ様、毒消しポーションを広場に用意し終えました」

「そうしたら、酔っぱらいに飲ませて。それから他のポーションも種類がわかるように倉庫から持ってこさせて。村の人やケポク族に運搬係を頼んでるから」

「わかりました！」

さて、ブラックバッファローの骨も届き始めたようだ。僕もどんどん弓と矢を錬成していこう。

「おい、坊主。頑丈な糸を持ってこさせろ」

「弓に糸を張ってやる。少しでも多い方がいいんじゃろ」

「はいっ、ありがとうございます！」

アル中兄弟も手伝ってくれるらしい。毒消しポーションは飲んでないけど、彼らは大丈夫だろう。飲まないと逆に手が震えちゃうからね。


東の方角から大量の軍勢が見えてきた。一面が黒く埋め尽くされていて数えるのも馬鹿らしくなるぐらいの規模。数千どころじゃない。ひょっとしたら万単位かもしれない。

「多いわね……」

「うん。そして、オークは完全にネスト村をターゲットにしている」

「そのようね」

向こうもこちらが見えているのだろう。大きな叫び声と、足踏み、武器を叩いて鼓舞するような音が鳴り響いている。これで目的が魔の森ってことはない。

一つの軍勢としてまとまりがあるのは、やはりボス個体の指揮下に入っているということだろう。まったく、村の人や草食動物たちが怖がるからやめてもらいたい。

とにかく、こちらもやれるだけの準備はやった。

弓矢も相当な数を錬成したし、錬金術師たちも持ち場についてゴーレムの魔力も満タンにしてある。

戦えない人たちもポーションや弓矢の運搬作業を手伝ってくれる。

「ローズには嫌な役目をお願いすることになっちゃった。すまない」

「構わないわ。直接戦えないのは残念だけど、私は私の役目を果たすわ」

戦闘狂のローズとしては不服な部分もあるだろうけど、この数を目の前にしてはどうしょうもない。

ローズにお願いしているのは、壁の外に出てオークの注目を集めること。美味しい人間さんアピールを全力全開でやってもらう。

ボス個体の指揮下にいるオークは恐怖の感情を持たないという。ただ真っ直ぐに敵を殲滅するために行動するらしい。だから、広範囲から攻められるよりは少しでもオークを一箇所に集中させたいということで、ローズにはその餌の役割をお願いしているのだ。

これは囲まれないように逃げきれるスピードを持つローズにしかできないことだ。もちろん、ある程度集めてもらったら離脱してもらう。

そして、集めたオークをサイファとセバスの火属性魔法、それから僕のグランドニードルで広範囲に倒していく。

ゴーレムはネスト村を囲うように十体を等間隔で配置。村の規模が大きくなったことで、守りが手薄になっているのがつらいところだ。

春になれば魔石がいっぱい届いてゴーレムの数も増やせたというのに……

今はそんなことを言ってもしょうがないか。

「さて、では先制攻撃といこうかな」

畑からジャンプ一番、ギガントゴーレムが土壁を乗り越えて出動する。

ギガントが動くと大きな声が上がる。ネスト村にはギガントゴーレムがいれば大丈夫という安心感がある。僕も少しでも数を減らして役目を果たしたい。

狙いはボス個体と思われるオークジェネラル。とにかくギガントで指揮下のスキルを解除させること。烏合《うごう》の衆《しゅう》となれば、オークも散り散りになって逃げる可能性がある。

あとは、総指揮がオークキングでないことを祈るばかりだ。その場合、オークのステータスは二倍以上にアップするのだから。

「まずは、ど真ん中を突き抜ける！　偉い人って、真ん中の後方に位置することが多いからね」

ギガントゴーレムはゆっくりとスピードを上げて歩幅を広げていき、ついには飛ぶように駆けていく。あれが敵だったら恐怖以外の何ものでもない。

ギガントゴーレムには盾を持たせている。普通の盾ではなく、表面にスパイク付きでタックルによる攻撃力を更に増している。

そんな姿を目の前にしても、オークは塊となり、防御することもなく逆に歩を進めてきた。

やはり、オークジェネラルと思われる一回り大きな個体が指示を出している。

なるほど、これがスキルの効果というわけか。恐怖心もなく、自ら捨《す》て駒《ごま》として行動する部隊……確かに厄介だね。

しかしながら、勢いの乗ったギガントゴーレムはもう止まらない。

「そのまま、突き抜けろぉぉー！」

スパイクの付いた盾を構えながら、向かってくるオークを次々に吹き飛ばしていく。

「ブヒャッ！」

「ブヒョオオ！」

「ヒデブフォッ」

それでも恐怖心のない軍勢というのは厄介だ。勢いを止めるために自らが犠牲となり、ギガントの足に絡みつくようにして速度を削《そ》いでくる。

「ちっ！」

ブラックバッファローとの戦いでは無双したギガントのタックルが、多すぎる数の前にその勢い止めてしまう。

「ブヒ、ブヒヒッ」

ニヤついた細い目で手に持つ大剣を振りかぶる。狙いは完全に足下に集中している。

しかしながら、大剣ごときで傷を入れられるほど柔《やわ》なギガントではない。

キーンッ！

金属同士がぶつかり合うような高音が鳴り響くが、ギガントはもちろん無傷だ。反対に大剣の方は、真ん中から綺麗に折れて吹き飛んでいる。

それでもオークは驚きもせずに、次から次へと足に攻撃を叩き込んでくる。

「なるほど、徹底してるんだね」

指揮官はそれなりに賢いということか。

ギガントの近くにオークジェネラルの姿は発見できていない。どこかでこちらを見ているはずなんだけどな……

う、うん？　あ、あれは……

予想外の奴を発見してしまった。

そうか、この原因は僕にあったのか。僕の甘さが、ネスト村を危機に晒すことに繋げてしまったのだ。

そこには、オークジェネラルに指示を送る隻腕の沼リザードマン、バルジオの姿があった。

◆

「な、何だ、あのでっけーゴーレムは……」

俺、バルジオは目の前の光景に頭を抱えていた。

土魔法を操る大魔法使いがいるから、それなりに守りを固めた村だということは理解していた。

ところが、何だよ。あのゴーレムは……土魔法ってのは、あんなでっけーゴーレムも造り出せるのか。

二万のオーク兵なら、多少のことがあっても村の一つや二つ、簡単に呑み込むだろう。

そう思っていたのだが……

「バ、バルジオの旦那、あれは村なんかじゃねぇ。街ですよ……あんなのを相手に大丈夫ですかい？」

「うるせぇな、問題ねぇよ。こっちはオークキングが出陣して二万ものオークソルジャーがいるんだぞ。間違いなくあの街は壊滅する。それよりも、あのゴーレムの足を止めるように伝えろっ！　別に倒さなくてもいい、足だ！　機動力を奪えっ」

「す、すぐにジェネラルに伝えやす！」

オークキングとの話し合いに俺は勝った。

ワーロウ同盟のことは覚えていたようで、助けになってくれるとのことだった。そもそもオークソルジャーの数が増えすぎて困っていたらしく、新しい拠点にする場所を考えていたようだ。そこに俺たちが来たのは、これ以上ないっていうぐらいのベストタイミングだったらしい。

俺は口からでまかせで、西に大量の人間が住み着いたと言っておいた。いや、これだけの街ということは想定外だったが、大量の人間ってのは結果的に合っていたようだな。嘘から出た誠《まこと》ってやつだ。

オークも人間どもに迫害されてきた種族だ。軍を向けるのにそう時間は掛からなかった。といっても、人間の雌を攫《さら》うオークに問題があるんだけどな。

オークどもは、すでにジェネラルの指揮下からオークキングの指揮下に入っている。

つまりあと二日は兵糧も必要なく、ステータスが二倍になったオークソルジャーが指示通りに何でも言うことを聞いてくれる。

戦場において死を恐れない軍勢ほど怖いものはない。最初から死ぬことを前提にしたり、相討ち覚悟で突進したりしてくる奴らなんて、相手にするだけ馬鹿馬鹿しい。

しかも、ステータスが倍になったオークソルジャーだ。

ちなみに、俺たちドフン族はジェネラルの補佐としてオークの頭脳役に付いている。オークは基本的に頭が悪いからな。

オークキングもなぜか作戦に関してはドフン族に丸投げしてくれている。考えるのが面倒くさいのか頼られてるのかは不明だが、ありがてぇことは確かだ。

この腕の怨《うら》みは必ず晴らしてみせる。俺たちを逃がしたことを後悔すればいい。お前のその甘ちゃんな判断で何人もの仲間が死んでいくんだ。女どもは残らずオークどもに攫われていくだろう。自分の判断を悔やめ、ガキが。

「あの、でっけーゴーレムを倒したら一気に突進だ！　壁を一つでも破ればこっちの勝ちだぞ！」

どうやら、あのでっけーゴーレムは一体のみのようだ。

ったく、ビビらせやがって。一瞬焦ったが、動きさえ止めちまえばどうってことねぇ。ゴーレムも足がなければ動けねぇんだからな。

残る脅威は、とんでもねぇスピードの剣士と、あのクソガキ魔法使いだな……オークソルジャーのパワーにどこまで対抗できるか、お手並み拝見といこう。

こっちには、ジェネラルが十体とオークキングもいるんだ。壁に穴さえ開ければ中にいる奴らもほとんどが逃げ出すだろう。

もちろん、一人も逃がさねぇけどな。

この勝負は壁を壊すか、それともその前にこっちを倒すかの戦いだ。それがわかってるからこそ、あいつもあのゴーレムを初手から持ち出してきたんだろう。間違いなくあれが最強の一手なんだろうぜ。

だからこそ全力で潰す。動きを止めればただのゴーレムだ。そのあとであの壁をぶっ壊す。

壁に近づけば多少の魔法攻撃はあるだろう。それでも、この万の大軍を目の前にしてどこまでやれるかな。

「バ、バルジオの旦那！　ゴーレムが止まりません！」

「ああん？　だから、足をだな……」

そう呟きながらふと空を見上げると、信じられないことが起きていた。

オークたちが空を舞っている。いや、飛んでいる。

意味がわからないと思うかもしれないが、数十、いや、数百単位でオークが吹き飛ばされていた。

目の前では巨大な竜巻《たつまき》が巻き起こっているかのように、次々とオークが空へと巻き上げられているのだ。

その中心には両手を広げながら回転している、あのでっけーゴーレムがいた。

その場で回転することで自らを推進力にし、足に群がろうとするオークを引き剥がすようにして上空へと飛ばしていく。

「お、俺は夢でも見てるのか……」

◇

僕、クロウは、ローズに向かって言う。

「ローズ、沼リザードマンの姿を見つけてしまった。どうやら、これは僕のせいみたいだね」

「そう。まあ、オークごとまとめてぶっ倒せばいいんじゃない。クロウは、それなりの覚悟を持って奴らを逃がしたんでしょ。誰を敵に回したのかをわからせればいいんだわ」

相変わらずローズは男らしいな。僕が女の子だったら惚《ほ》れてしまうだろう。少しだけディアナの気持ちがわかってしまったかもしれない。

「クロウお坊ちゃま、助けた恩を忘れた沼リザードマンとオークどもに鉄槌《てっつい》を下しましょう」

セバスも気にするなと背中を押してくれる。何ともありがたい。

とはいえ、オークと繋がって大量の軍勢で仕返しに来るなんてのは想定外もいいところだ。

しかし、これで心は決まった。

全力をもって叩き潰してやろうじゃないか。次はないと言ったはずだ。目の前の大軍が簡単な相手ではないのはわかっているが、僕のスローライフを邪魔する者は全て排除させてもらおう。

「そうだね。誰に牙を向けたのか理解させてやらなきゃならない」

「それにしても、ギガントゴーレムは相変わらず呆れるほどのパワーよね……」

オーク軍のど真ん中でギガントが手を広げながら回転している。そして、なぜかとんでもない規模の竜巻を起こしていた。

「そ、そうだね」

「さすがというか、オークごと吹き飛ばす竜巻なんて、目の前で見ていても信じられないわよ。ディアナ、あれがギガントゴーレムよ」

「さすがクロウ様の操るギガントゴーレム……あの攻撃で少なくとも千体以上のオークが戦闘不能に陥《おちい》っているでしょう」

い、言えない。最後方まで突き抜けようとしたけど足止めされてしまって、何とか振り払うように回転してたらたまたま竜巻が起こったなんて。

「あの技名は何て言うのかしら？」

「ギ、ギガントハリケーン……かな」

「ギガントハリケーン。恐ろしい技ね」

ローズは技の名前とか大好きなタイプだからね。適当に勢いで名づけてしまったけど、どうやらご満足いただけたらしい。

しかしながら、ギガントが頑張ってはいるけど、指揮権を持つボス個体を倒せていない以上、オークの進軍は止まらない。しかも、ギガントが敵軍の中央で身動きが取れないとなると、迎え撃つには残りの戦力で対応しなければならない。

「オークたちが来る。ゴーレム隊は前へ！」

「クロウ、そろそろ私も行ってくるわ。オークを引きつけて少し倒したら戻ってくるでいいのよね？」

「ローズお嬢様、ご武運を」

「あんな豚面、敵でもないわ。っていうか、あんたも来るのよ。誰が私を守るの？」

戦わずに逃げていいと言ってるのに、やはり倒したいらしい。まあ、普通に倒せるんだろうけど。ディアナも頑張ってくれ。

「マリカ、ローズが無理しそうだったらゴーレムで少し補助に入ってくれる？」

「はい、クロウ様」

「ジミー、ゴーレム隊全体の指揮は頼むよ」

「お任せください！」

「カリスキー、狩人チームの準備は？」

「いつでも大丈夫です。ブラックバッファローの群れと戦ったことで慣れている者も多いです。しかもクロウ様の武器を早く使いたくて、正直うずうずしております！」

「おおお、頼むね」

士気は上々のようだ。僕もグランドニードルを錬成して、少しでも近づかせないように集中しよう。

ギガントはそのまま回しておけばいいかな。たまたまだけど、オーク軍のど真ん中をキープできている。

「ゴーレム隊、間隔を保ち、離れすぎないように！　では、行くぞー！」

「おおお！」

ゴーレム隊を指揮するジミーにはオークの足を狙うように指示してある。オークと比べると背の低いゴーレムなので、その攻撃は体の下が中心になる。

ゴーレム隊に求めているのは殲滅ではなく、進軍スピードを落とすこと。できれば足を負傷させてもらいたい。

奇《く》しくも、オーク軍がギガントゴーレムに取った作戦と同じだ。

前が詰まれば進軍に時間が掛かり、塊になれば魔法と弓の餌食《えじき》になる。だから、倒す時間があるなら他のオークを怪我させた方が逆に効率が上がるのだ。

ゴーレムたちが、突進してくるオークをかわしながら、すれ違いざまに足を殴り潰していく。そうして倒れたオークに他のオークの足が引っかかり、数珠《じゅず》繋ぎに倒れていく。

「今だ、そこを狙えぇ！」

倒れたオークの急所を突いては離脱し、すぐに次の獲物に狙いを定めていく。まるで自分の手足のようなスムーズで素早い動き。日頃の農作業や警備業務が活きている。

「うん、オークたちはパワーはあるのかもしれないけど、スピードはそこまでではないね」

それでも数の暴力というのは非情だ。どれだけゴーレムが足止めをしても、抜けてくるオークは多い。

「錬成、グランドニードル！」

「炎よ、我が魔力にて集い爆ぜよ、ファイアブラスト！」

ゴーレム隊を抜けてきたオークの群れは、残らず魔法の餌食となる。かろうじて生きてはいるが、トドメを刺すまでもない。そのまま寝かせておけば進軍スピードは抑えられる。

「マジックポーションはいくらでもある。どんどんいこうか！」

ポーションでお腹たぷたぷになっちゃいそうだけどね。

6　大人ラヴィ

僕とサイファの魔法攻撃を乗り越えてたどり着いた先には、まるでご褒美《ほうび》でもあるかのように剣を構えた美少女が立っている。

「ぶひっひゃぁ！」

「ぶひぶひぶひっ」

オークのテンションもぐっと上がる。

この先にある土壁を壊すだけで勝利が確定するのだ。しかも後ろからは万の仲間の大群が押し寄せている。勝利は目前と言っていいだろう。

でも、その前に少しぐらい寄り道してもいいんじゃないか。

指示は特攻して敵をなぎ倒せ、そして壁を壊せ。

つまり、目の前にいる少女はなぎ倒すべき敵の一人で間違いないのだ。

何でこんな場所に少女がいるのかはわからないが、柔らかそうな腕にむっちりした太腿《ふともも》。ちょっとだけかぶりついてもいいだろう――

まあ、オークの感情としてはそんな感じなのだろう。どいつもこいつもこの豚面は……

目がいやらしそうに上下に動き、ヨダレが垂れまくっている。

ここが戦場であることを忘れさせるぐらいに、本能が吸い寄せられるのだろうね。

「オークに好かれてもね……ほらっ、どうしたの？　さっさっと来なさい豚野郎」

「ぶっひぃぃぃー！」

魔法をくぐり抜けたとはいえ無傷ではない。足を貫かれ、体中を炎の海で焼かれながら抜けてきたのだ。ステータスが倍増したオークといえどもローズの敵ではない。

身体補助魔法をまとい、スピードの上がったローズの動きにはまるでついていけない。

「やぁー！　えいっ！」

一瞬で首がはねられ心臓を突き刺されていく。一人だけ次元の違う動きで、戦場を舞う踊り子のようにオークの群れを華麗に斬り伏していく。

来年の剣術大会でローズと戦うことになる対戦相手が心底可哀想だな。

「オークホイホイの役目をお願いしたけど、全部斬ろうとするとか……ローズ、また強くなった？」

「クロウ様の造られた剣の斬れ味が異常なのです。あ、あの、そろそろ私も」

「あー、うん。行っていいよ。でも、身体補助魔法が切れそうになったらすぐに引き上げさせてよ。ディアナはローズより遅いんだから、立ち回りには十分気をつけて」

「かしこまりました」

ディアナが、僕の造った盾とロングソードを握りしめながら嬉しそうにローズのもとへと駆けていく。ローズの美しく戦う姿を見せられて我慢できなかったのだろう。

すぐに混戦になっていた戦場をシールドバッシュで広げていき、ローズが動きやすいスペースを作り上げていく。

ステータスの上がったオークを吹き飛ばすって、ディアナもどんなパワーだよ……

彼女も相当な戦闘狂だ。そして、ローズの動きを先読みしながら自分の役目を果たしていく。

あの周辺はしばらく大丈夫そうだね。マリカのゴーレムも近くで戦っているので、何かあってもすぐに助けに入れるだろう。

「錬金術師はゴーレムに魔力供給を！」

ジミーの指示がゴーレム隊に飛ぶ。

「はっ！」

ワイルドファングのスピードに対応してきたゴーレム隊なので、その立ち回りは問題ない。パワータイプのオークに捕まらないようにだけ気をつけてもらえばいいのだ。

ゴーレムの数は十体と少ないけど、魔力供給できる錬金術師の数は多い。ゴーレムの操作に集中する者、ゴーレムに魔力を供給する者をチームにして戦わせている。

操作に疲れたら代わってもらえばいいし、これなら一日中でも戦えるはず。

みんなマジックポーションでお腹たぷたぷになろう！

作戦は今のところ順調といっていい。まだ、壁にたどり着いたオークはいない。

それでも、大量のオークがゆっくりと距離を詰めてきているのは精神的にも来るものがあるね。

視線の先には嫌になるぐらいの大量のオークが押し寄せているのだから。

「持久戦になるね」

「クロウお坊ちゃま。やはり、ボス個体を倒さなければならないでしょう」

セバスの言う通りだ。数万のオークを全部相手にするのは骨が折れる。

ギガントゴーレムは自身を中心として、依然としてハリケーンと化しているが、近くにはもちろんボス個体はいない。

「ここは私がオークジェネラルを倒しに向かおうかと具申いたします」

「えっ、セバスが？」

「短時間であれば、魔法と剣術でそれなりに突破することは可能でございます。ボス個体さえ倒せれば、オークの数を減らせます」

「却下。たとえオークジェネラルを倒せたとしても、そのあとセバスはオークの大軍に囲まれてどうするの？　死ぬつもりでしょ」

「し、しかし……」

「それに、指揮権はオークジェネラルからオークキングに移っている可能性がある。ジェネラルを倒したところで、オークが逃げ出す可能性は低いよ」

とはいえ、この持久戦は守りの方が圧倒的に厳しい。向かってくるオークはスキルの効果で恐れ知らずなのだから。

「きゃう！」

「おおっ、ラヴィ。今までどこにいたんだよ」

「きゃう！　きゃうっ！」

何か僕に伝えようとしているのか？

いつもと雰囲気の違うラヴィに、どうしたものかと様子をうかがっていると。僕の手を引っ張って自分の頭に乗せようとしてくる。

「わかったよ。手を乗せればいいんだろ」

急に戦いが始まって、みんなが構ってくれなくなったからさみしくなったのか。

今まで何かを主張してくることがなかったラヴィのその行動に特に何も考えずに、頭を撫でてあげようと思った。

すると、僕の手からギュインと魔力が吸い取られていく。

「ちょっ、えっ？　ラヴィさん？」

「きゃう」

満面の笑みを浮かべたラヴィは、僕から半分近くの魔力を一気に吸い上げていった。

小さいラヴィはみるみる大きくなっていき、いつぞや見たAランクのラヴィーニファングのサイズになっていった。

「うぇぇぇ！」

「こ、これは、何と！」

ネスト村の人たちもセバスも驚きで固まっている。いったい何が起こっているのか理解が追いついていない。

ネスト村を可愛く走り回っていたラヴィが、牧場で羊追いをしていたラヴィが……

「がうっ！」

「えっ、背中に乗れってこと？」

何となくラヴィの言ってることがわかる気がする。

おそらくは、順位付け最下位のセバスにいい格好をさせるわけにはいかない、ここは任せろと

言っているような――

「セバス、いったんここの指揮は預ける。僕はラヴィとボス個体を叩いてくる！」

「し、しかし！」

「大丈夫、無理はしない。厳しそうなら戻ってくるから」

ラヴィは僕が背中に乗ったのを確認すると、ひとっ飛びで土壁を越えていく。小さかったラヴィが全長七メートル級のラヴィーニファングになったのだ。

オークたちもこちらを見上げてその動きが止まっていた。やべー魔物が現れたとか思っているに違いない。

ラヴィは一面に広がるオークの群れに臆することなく駆けていく。駆けていくついでとばかりに目の前のオークをその足で踏み潰していく。

身に纏う銀色の毛は硬く、攻撃しようとするオークの武器も簡単に弾いていく。

強い、強いけど……

ラヴィから感じる魔力が少しずつ減っていくのがわかる。つまり、あれか。僕から吸収した魔力がなくなるまでの短期的な大人ラヴィってことだな。

魔力の再注入ですぐにまた大人になれるのか、わからない。普段は小さなラヴィだけに、体にかなり負担になっている可能性だって考えられる。

ならば、やることは決まっている。

「ラヴィ、急ごう！　僕をオークキングの所まで連れていって」

ギガントゴーレムは強引な中央突破をすることで足止めされてしまった。

代わりに、オーク軍の中心で甚大《じんだい》な被害を与え続けてはいるけど。

「がうっ！」

ということで、群れの薄い箇所を狙って回り込むように進路を取ろう。

「ラヴィ、左側から回り込むよ！」

ラヴィは僕の考えを理解しているかのように進路を変えると、飛び跳ねながら一気に駆けていく。

Aランクラヴィのスピードがすごすぎる。

そんな僕たちの行動を見たのか、オークの大群が後方へと下がっていく。あきらかにそこに何かがいるように守るように集まっていった。

わかりやすいな。

「ラヴィ、あそこだ！」

「がうっ！」

更に重心を低く落として、スピードのギアを上げていく。

こちらに向かってくるオークを蹴散らし、吹き飛ばしながら大きくジャンプ。

大きく飛び上がった上空からは、その場所に何がいるのかしっかりと見えた。

一際目立つ大きな巨体に二つの大きな牙。全てが筋肉で覆われているかのような筋骨隆々とした姿。

鑑定結果もビンゴ。

間違いない、あれがオークキングだ。

「よし、ラヴィ、もう少しだ！」

「ガルルッ！」

すると、群れを掻き分けるようにしながら二体のボス個体が現れる。

あれは、オークジェネラルか。

長槍と厳《いか》つい斧を持ったジェネラルが、僕たちを通すまいと出てきた。

「普通のオークがステータス倍になっているなら、ジェネラルだって倍ってことだよね。ステータス倍増オークが群れでAランクということは、ジェネラルは単体でA、ひょっとしたら、その上になるのか……」

そうなると、オークキングってどうなっちゃうの。まさか自分のステータスまで上がらないよね。

「いや、今は目の前のジェネラルに集中しよう」

といっても、あんな近接戦闘タイプに真っ向から挑むつもりはない。僕はオウル兄様でもローズでもないんだから。

ここは錬金術師らしく戦わせてもらう。

「ウガアアァ！」

パワーアップしたであろうオークジェネラルもかなり迫力がある。近寄りたくはないかな。

「ということで、錬成、グランドニードル！」

ノータイムで地面から生える棘に、周辺のオークを縫いつけていく。

しかしながら、オークジェネラルはそれを予期していたかのように空中に浮かび避けていた。

何で普通に避けるかな!?

「でも、空中では避けられないよね。錬成、メガトン空気砲！　追加でもう二発！」

「ガ、ガァフッ」

グランドニードルを避けたことで油断していた槍持ちのオークジェネラルに、空気砲を一発、更に追加の二発で押し込む。オークジェネラルはそのまま落下し、グランドニードルに背中から突き刺さっていった。

残りは斧を持ったジェネラル一体。

ジェネラルは、大斧を振り回しながらこちらに向かって突進してくる。

距離があったらどうしようもないのは理解しているようだ。やはりオークに遠距離攻撃の能力はない。弓を持っているオークもいたけど、自慢のパワーを活かすなら大剣や槍、そして斧になるのだろう。

それなら、こちらも距離を置くまで。

「ラヴィ！」

任せろと言わんばかりに、ラヴィは左から回り込むように距離を取る。

「錬成、大草原！」

これで、僕たちの姿は見えなくなるはず。そのまま、グランドニードルのラッシュでゴリ押ししてやる。

「が、がうっ！」

「どうしたのラヴィ……お、おお⁉」

突然、身をかがめるようにラヴィの体勢が低くなった。

嫌な気配に首をすくめたところを、ヒュンという風切り音とともに斧が僕の頭の上を通り過ぎていく。いや、髪の毛が少し切れてるか？

草原の草ごと刈り取るように、一直線に僕の首を狙ったらしい。斧で草を刈るとは……あ、焦ったよ。

攻撃が見えないのはこっちも一緒か……

「ブヒヒッ」

あの野郎、ニヤけた顔しやがって。

ジェネラルは手下のオークから替えの斧を渡されて、また振り回し始めやがった。

ラヴィに距離を取るように指示を送りつつ、マジックポーションを一瓶飲み干す。ギガントゴーレムを起動しながらの戦いなので、何気に魔力の減りが早い。

あっ、違う。ラヴィに魔力を半分持っていかれたんだった。比較的魔力の多い僕にしては、魔力が減りすぎだなと思っていたんだ。

背丈ほどの高さに植物の生えた草原から、ジェネラルが投げる斧が何度も飛び出てくる。それで、ジェネラルの位置が何となくわかった。やはり、頭が弱いというのは間違いないようだ。

「大体の位置がわかればいい。錬成、メガトン空気砲！　錬成、グランドニードル！」

今度は、あらかじめ上から空気砲で押さえ込んだうえで、グランドニードルを食らわせてやった。

逃げようがないので、周辺にいたオークごと倒せたはず。

見えてはいないけど、とんでもない数のうめき声や叫び声が聞こえてきた。倒せてなくても相当な怪我を負わせていると思う。

ということで放っておこう。

僕が倒さなければならないのは、この大軍を指揮しているオークキングなのだから。

「がうっ？」

「うん、オークキングの所へ行こう」

「がうっ！」

オークが集まる最後方に向かって走り始めるラヴィ。

そうしてようやくその姿を見つけた。

鑑定結果も、スキル情報をしっかり教えてくれる。

【オークキング】

ランクB。

スキル「覇道《はどう》」を持つ魔物。

行軍中における配下のステータスを倍化させ、兵糧なく三日間の従軍が可能になる。更に、行軍中に倒された部下の数だけステータスが上昇していく。その数によっては、ランクAからSまで上昇する。


「倒された部下の数……って、ヤバいヤバい。ギガントは何体倒してる？　もう千体じゃ利かない数を竜巻で倒しちゃってるって！」

オークキングの元々のステータスがわからないから何とも言えないけど、これはまずい。でも、ギガントを止めてしまうとその分オークたちが勢いづくから、ゴーレム隊や狩人チームが危険に晒されることになってしまう。

「おう、おめェらキングを守れ！　守って守って死んでこい。死んでもおめェらの命は無駄にはならねぇ。その分、おめェらが大事にしてるキングが強くなるんだからよぉ！」

バルジオか……嫌な奴を見つけてしまった。オークキングの後ろに陣取り、周りのオークたちに酷い指示を飛ばしている。

早く倒さなければならないけど、オークキングにたどり着くには相当な数のオークを始末しなければならない。

いや、つまり殺さなければいいのか。

生きたまま沈黙させればいい。さすがに全部を殺さないとなるとそれは無理があるけど、最小限に抑えることは可能だ。

「錬成、ストーンバレット！」

ストーンバレットは、石を弾丸のようにばら撒く土属性の初級魔法で、僕の飛ばす石は先端を尖《とが》らせている。攻撃をもらったオークたちは死ぬことはなくても、地面に這いつくばるしかないだろう。まあ、僕が足を集中的に狙っているからなんだけど。

ちなみに僕のグランドニードルは針の長さが結構あるから、場合によっては心臓まで一気に突き刺してしまう。

殺さずに動けなくするって難しい。

足に石の礫《つぶて》が突き刺さり動けなくなったオークたちの間をすり抜けるように走り、遠くに見えていたオークキングとバルジオの姿が真正面から拝めるまでになった。

「ごあああああぁぁぁ！」

長めのハルバートを持ったオークキングが怒りをあらわにして、周囲に倒れて苦しんでいる味方のオークを突き刺し、斬り上げ、飛ばしながらこちらに向かってくる。

「おいおいおい、まさか自分で殺してもステータスが上がるなんてことじゃないだろうな。錬成、メガトン空気砲！　空気砲！　空気砲ぉ！」

そんなことはさせまいと、僕も倒れているオークを無理やり空気砲でオークキングの周辺から吹き飛ばしていく。そう簡単にステータスを上げさせてたまるか。

すると、オークキングは狙いを僕に定め、一気にスピードを上げて突進してきた。

「なっ、速い！　錬成、土壁！」

その巨体からは想像できないほどのハイスピード。振りかぶった重量級のハルバートをしならせながら叩きつけてくる。

「ぬおおおお！」

何とか錬成した土壁を一瞬で破壊され、その衝撃で僕もラヴィも吹き飛ばされてしまう。

「ったく。何てパワーだよ……」

こんなのがネスト村に近づいては、壁なんかあっという間に壊されてしまう。絶対にこいつを近づけさせてはいけない。

でも、どうやって……

圧倒的パワーとスピード。そして筋肉質な体格から見ても、耐久力だってかなり高そうだ。

「がるうっ！」

ラヴィが魔力を使って攻撃しようとしている。氷属性の魔法なのだろう。僕のストーンバレットの氷バージョンといったところか。

ラヴィの周りを囲うようにして大きな氷の塊が浮かび、その数が次々に増えていく。すぐに氷で前が見えないぐらいに埋め尽くされていった。

その氷をオークキングに飛ばすと同時に、ラヴィの姿が消える。

飛んでくる氷の塊を、腕で庇《かば》うように耐えるオークキング。氷で目の前が真っ白に変わっていく景色の中、オークキングの真後ろに銀色の影が浮かび上がった。

本命はこちらの直接攻撃。

前がほとんど見えていないオークキングの首に、大人ラヴィが噛みついた。

急所への噛みつき攻撃。ラヴィの鋭い牙がオークキングの首に深く入り込んでいる。

完全に勝負あったと思えたその瞬間——オークキングは何事もなかったように振り返るとラヴィを殴り飛ばす。

「ぐわうっ！」

オークキングの首の肉が盛り上がって傷口を塞いでいく。腕や体に負っていた傷も全て癒えている。

「ラヴィ、戻って！」

オークキングは首をコキコキと鳴らし、まるで攻撃など受けてなかったような仕草をしている。

「回復魔法を使ったのか、それとも自然治癒効果が発動しているのか……こうなると治癒を上回る攻撃を続けるか、それとも圧倒的な攻撃力で粉砕するしかない」

問題は、時間を掛けるほどオークキングのステータスが上昇していくということ。

スキルが解ければ僕たちの勝ちだろうけど、それは三日間、オークの軍勢からの攻撃に耐えきらなければばならない。オークキングのパワーを考えると、これは現実的ではない。

ならば、やることは決まっている。

「錬成、グランドニードル！」

周辺にいるオークまで倒してしまうのはしょうがない。とにかく攻撃を、ダメージを与え続けるしかない。

「錬成、ストーンバレット！」

そして近づけさせない。近距離戦闘は僕の死を意味する。

もっと強力な魔法はないか。

「錬成、メガトン空気砲！」

前へ出ようとするオークキングの足下へ空気砲を放って転倒させる。

「錬成、アースニードル！」

倒れる直前に、地面から一本の鋭い土の針が顔面を狙う。

しかし、その攻撃はかすり傷にもならない。

「ぐうおおおおおおおお！」

オークキングは怒りに任せて大きく跳躍すると、地面を割る勢いで自らの足を地面に叩きつけた。

何をするつもりかと一瞬見てしまったのが失策だった。地面の揺れは周辺に影響を与え、僕はその揺れで体勢を崩してしまった。

その瞬間、オークキングはニヤリと嫌らしい笑いを見せると、僕のアースニードルを引っこ抜き、そのまま僕に向かって投げつける。

「し、しまった！」

体勢を崩している僕にその一撃はかわせない。

極太の土針が太腿に突き刺さった。

「ぐあああぁぁぁ！」
ポ、ポーション、どこだ、ポーションは……
おそらくオークキングは、こちらに向かって駆けてきている。僕の耳がその近づいてくる音を確かに聞いている。

迷っている場合じゃない。痛みに耐えながらも何とかポーションの瓶を掴むと、深く突き刺さっている土針を引き抜く。

「ん、なあああぁぁぁあ！　っくそぉお」

刺さったままでポーションを飲んだり掛けたりしても、治癒されるかの判断ができなかった。

気絶するほどの痛みを感じても、力を振り絞ってポーションを振りかける。

すると血や肉が熱くなり、ポーションを振りかけた部分が気持ちの悪い動きをして傷が塞がっていった。

や、やっと、治った。

引き抜いた時の痛みがまだ少しあるけど足は動く、動ける。大丈夫だ。

すぐに立ち上がろうとしたが、黒い影が、熱気のようなものが前に立っているのを感じた。

見上げた先には、無情にもハルバートを大きく振りかぶったオークキング。

「れ、錬成、土……」

どうやっても間に合わない。そう諦めた瞬間に、颯爽《さっそう》と銀色の相棒が僕の横を駆け抜けていった。

「がるぅ！」

「ラヴィ！」

錬成が間に合わないタイミングを、ラヴィがオークキングへの体当たりで救ってくれた。

「きゃ、きゃう」

しかしながら魔力が尽きようとしているのか、体のサイズが小さくなっていく。大きかったサイズからすでに半分以下になってしまっている。

すぐに体勢を立て直して、こちらを睨むオークキング。

その後ろから響く大きな大きな足音。

大勢のオークたちも、キングだけに任せようとはしない。むしろ死ぬ気で僕とラヴィに迫ってこようとしてくる。

「時間稼ぎはここまでか。これが最後の悪あがきだ……錬成、アイスリュージュ！」

ラヴィが使った一面に敷きつめられた氷を、錬成素材に使わせてもらう。

オークキングの周りにあった氷は、オークキングの足を掴んで体を覆っていき、体全体を氷で埋め尽くしていく。

これは時間稼ぎに過ぎない。氷に覆われているオークキングは身動きは取れないが、顔はニヤついたまま。

すぐに氷は溶けて、体は自由になるだろう。

そうなった時点で僕たちはお終い。

試合終了なのだ。おそらくオークキングもそれを理解している。

しかしながら、これはただの時間稼ぎではない。うちの最強戦力がこの場所にたどり着くまでのギリギリの時間なのだ。

お腹に響くような大きな足音と空を飛んでいくオークたち。

向かってくるオークをなぎ倒し吹き飛ばしながら、ようやくやって来たのはギガントゴーレム。

「な、何とか、間に合ってくれたようだね」

氷が溶けるまであと数秒。でもその一瞬があれば十分だ。

立場が変わったのを理解したのだろう。オークキングは、後ろから迫ってくるギガントゴーレムを見ようとするが、氷で固まって首が動かせない。

まだ、かろうじて手足の先が動かせるようになった程度。その場所から脱出するにはあと少しだけ時間が必要だ。

体の構造上、頭部への攻撃は大きなダメージを与えやすい。そこには大事な脳がある。脳が機能を停止しても動けるのはアンデッドくらいだ。

「ギガント、アッパーカットだ！」

猛スピードで駆けつけたギガントは、軽く右のフックをシャドウし、その流れで体を捻り上げ、左拳を斜め上へとフルスイングした。

「ぎゅぼらぁっ！」

振りきった拳の先――上空に飛んでいくのは、オークキングの頭部。それは小さくなりながらキラリと光って消えていった。

オークキング討伐完了。

それに伴い、オークソルジャー、ジェネラルに掛けられていたスキル覇道が全て解除されていく。

先ほどまで死ぬ気で向かってきていたオークが立ち止まる。立ち止まってしまう。絶対的な王であったオークキングの首がなくなっているのだ。

倒したのは彼らの目の前に佇む、とんでもないサイズのゴーレム。

キングですら一撃で葬《ほうむ》り去ったパワーを見せつけられて、それでもなお、戦おうとする強い意思を持つオークはいない。

ギガントが振り返ると一歩下がる。一歩進むと、武器を捨てる。慌てふためきながら散り散りに逃げ出す。

慌てて沼リザードマンたちが指示を出すが、まるで聞く様子がない。完全にスキルから解放されているのだ。

「よ、よしっ。何とか間に合ったね……」

あとは、ある程度数を減らしていきながら、ゴーレム隊で魔の森の方角へ誘導していけばいいだろう。

それよりも、僕にはやらなければならないことがある。

「クソったれ！　オークソルジャーはこのゴーレムを倒せつってんだろうが。ジェネラルまで逃げやがって……」

僕の視線の先には隻腕の沼リザードマン、族長のバルジオがいる。どんなに声を張り上げてもオークは言うことを聞いてくれない。その声は焦りまくっている。

「バルジオ、これはどういうことなのかな？」

「ま、まだだ。まだドフン族は負けてねぇ。壁さえ壊せば、オークも勢いを取り戻すはずだ」

「次はないと言ったはずだ。錬成、アースニードル！」

「ぐあぁぁぁ！　てっめー、正々堂々戦え！　俺と剣で勝負しろ」

「錬成、アースニードル！」

前と後ろから足を土の針で縫いつける。

「ぐおおあぁ！」

「悪いけど、お前の言葉はもう信じないし聞くつもりもない。まさかオークに知り合いがいたとは予想外だったけどね」

「お、俺を殺したら、オークたちが黙ってねぇぞ」

「その頼りにしてるオークたちは、君を助けるつもりがなさそうだけど」

さっきまで近くにいたオークは、ギガントの歩みに合わせるように逃げ出している。

「わ、わかった。二万のオークを俺が確実に撤退させる。それで許してくれ。オークソルジャーたちをジェネラルで再度指揮下に入れさせる。街のそばにこんな数のオークどもがいたら、おめぇらも厄介だろうが」

ネスト村は街ではなく村だ。宿屋も武器屋もない街があってたまるか。

いや、そうじゃないそうじゃない。

残念だけど、バルジオの言葉は僕にはもう届かない。烏合の衆となったオークどもは徹底的に倒すし、このまま魔の森に誘導していく。

「錬成、空気砲！」

空気砲で更に土の針にめり込ませる。

どうやら太い血管が破れたらしく、出血が激しくなってきた。

「ぐおおォォ！　た、頼む。俺が、俺が悪かった。許してくれよ……」

「錬成、アイスソード！」

ラヴィが大量に放出した氷が地面にまだいっぱい残っているのを、錬成に使わせてもらった。

でき上がったのは薄氷色のロングソードだ。

こいつは、バルジオは、僕の手で倒さなければならない。

武器で直接トドメを刺すというのは、気持ちの悪さがどうしても残ってしまう。だから今までも極力避けてきた。

でも、バルジオは僕が手を下さなければならない。これからネスト村を守っていく領主としての覚悟を持つために、お前の命を利用させてもらう。

「た、頼むって言ってんだろ……」

「お前の命は僕の糧《かて》にさせてもらう。もう二度と迷わないように責任と覚悟をいただく」

「ま、待て、待ってくれ……や、やめろおお！」

ザシュッ！

たった一振りでバルジオの首が落ちていく。

身動きの取れない沼リザードマンを倒すことぐらい僕でも容易だ。

この世界は、とにかく死が身近にある。外を歩けば魔物がうろつく厳しい世界なのだ。命の重みは、以前僕がいた世界と比べるまでもなく軽く、ちょっとしたことで簡単になくなってしまう。魔物や盗賊と遭遇することも多い。判断の遅れ、ミス、力量の差、気後《きおく》れでもって命はあっさり消え去ってしまう。

バルジオを殺されて、慌てて逃げようとする同じドフン族の沼リザードマン。

彼らも逃がすつもりはない。

「ひっ、ひぇー！　た、助けて」

「錬成、グランドニードル！」

「ぐおあああぁぁ！」

命乞いをする時だけ、泣きそうな声で助けを求めてきた。ついさっきまでネスト村を滅ぼそうと汚い罵声《ばせい》で、オークを進軍させていたというのに。

言葉の通じる種族との戦いというのは、本当に嫌なものだ。

「ラヴィ、いったん戻ろう。防衛戦から追撃戦に変わる。ギガントと一緒にゴーレム隊を動かさないとね」

「きゃう！」

あれっ、また小さくなった？

七メートルぐらいあった体長が、もう三分の一ぐらいまで縮んでしまった。

「ま、まだ乗れるよね？」

「きゃう！」

背中を向けて、いつでもいいよと言わんばかりにお尻を振り振りしている。

今回はラヴィにかなり助けられたな……ラヴィがいなかったらオークキングには勝てなかった。

7　勝利宣言

今思うと我ながらかなり無茶なことをしたものだ。覚悟は決まったけど、自分の命よりネスト村のことを大事に考えすぎるのはよくないな。

さて、疲れたから早く戻ろう。

小さくなってきたラヴィに乗ってネスト村に近づいていくと、オークたちはゆっくりと撤退していくところだった。

前線ではまだ小競り合いが続いているけど、そこまでの攻勢は受けていない。戦闘の流れは徐々に収束し始めている。

土壁近くまでオークの死体が山積みされているのを見ると、それなりに危険な状況だったのが想像できる。

壁の外側にはオークのものと思われる血がべっとり付いていたりする。この汚れ、ちゃんと落ちるんだろうか……

そんなことより、まずは勝どきを上げなければならないか。急にオークが引き始めているので、何となくは把握しているものの、全員が僕の言葉を待っている。

僕はみんなに向かって声を張り上げる。

「オークキングは倒した！」

「おおォォ！」

「これから追撃戦に突入する。ゴーレム隊は馬に乗って出動。ギガントのあとを追ってオークを魔の森へ追い立てる！」

「よぉっしゃあぁぁ！」

「まだこちらに進軍しているオークもいる。狩人チームはもうひと踏ん張りしてほしい！　オークのステータスは元に戻っているけど、油断せずに倒していくように」

「おおぉぉ！」

少しだけみんなの表情が明るくなったように感じる。でも、まだ気を緩めるのは早い。

指揮下から外れたとはいえ、興奮して訳がわからなくなっているオークは、変わらずに特攻し続けているのだから。

徐々に逃げ出すとは思うけど、数が数だけに、もうしばらくこの戦いは続くことになるだろう。

馬の準備が整ったゴーレム隊が少しずつ集まってくる。

「何でローズとディアナまでいるのかな？」

「クロウが危ないことしてるからよ。足、怪我したのよね。顔も青白いし、血が足りてないわ」

ポーションで完全に回復しているけど、服は破れて血がべっとりと付いている。大怪我をしたのはバレバレだ。

「ポーション飲んだから大丈夫だって」

「ポーションで血は戻らないから。それにこっちはもう大丈夫そうだし、せめてオークジェネラルと戦わせてよね」

僕の心配をしてくれているのか、ただ強い魔物と戦いたいだけなのか、ちょっとよくわからなくなってきた。

遠目でセバスが頷いている。ローズがいなくてもネスト村の防衛に数が足りているのは本当っぽいな。

「わかった。でも、戦闘よりも魔の森への誘導がメインだからね。誘導から離れた個体はガンガン倒してもらって構わない」

「そうこなくっちゃ！」

すると、馬に乗ったヨルドが駆けつけてきた。

「クロウ様、セバス様からのご指示で護衛に参りました」

「そうか、助かるよ」

「クロウ、まだ馬に乗れないものね」

「これから練習するつもりだったのになー」

馬に乗れない僕は、ヨルドの後ろに跨《また》がりながらギガントを操ることになる。

「それからセバス様からの伝言ですが、終わったら話がありますので忘れないように、とのことです」

あっ、怒られるやつだね。知ってるよ。今回は僕が悪い。素直に怒られよう。

「クロウ様、ゴーレム隊の準備が整いました」

「オッケー、ジミー。それじゃあ、行こうか！」


ゴーレム隊は一定の間隔をキープしながら、オークの群れを魔の森の方向へと追い立てていく。はぐれたオークはゴーレムやローズが残らず倒していった。

「逃げようとしてもすぐにローズが斬殺するから、とてもスムーズに魔の森に向かっていくよ……」

このまま川沿いに追い詰めながら北へ進んでいけば、オークも魔の森に入らざるをえない。

取り逃して、近隣の村に迷惑を掛けるわけにもいかない。ここは慎重に確実に殲滅させてもらう。

オークが魔の森で奇跡的に居場所を確保できるなら、冬の間に僕らがじっくり狩り尽くしてあげよう。いや、素材が売り物になるのなら別か。

ギガントを中心として追い込みを掛けるゴーレム隊に、はぐれを期待するような鋭い視線のローズとディアナ。この部隊に隙はない。

川を泳いで逃げ出そうとする沼リザードマンも何体かいたが、その場所だけ氷で固めてあげたら、あとはゴーレムが簡単に始末してくれた。

確か、逃がした沼リザードマンは十体ぐらいだったと思うので、これで全部倒したことになる。ドフン族の生き残りはこれでゼロ。バルジオに隠し子でもいない限り、今後ネスト村や僕が恨まれることもないだろう。

「ねぇ、クロウ。オーク肉って食べられるの？」

「えっ、ローズあれを食べるつもりなの？」

「な、何よ、悪いの？　だってオーク肉って結構人気だって聞いたことあるし……」

「クロウ様、オーク肉は大変美味しいと聞きますよ。人型をしているので、苦手な方が多いようですけどね……」

ヨルドがそう解説してくれる。移民の増えたネスト村にとっては貴重な肉に違いないか。

違いないけど、解体とかすごく見たくない。広場でやってたら子供たちのトラウマになってしまうのではないだろうか。

「オーク肉は冬越えの食肉としては大事な物です。頭を落としてから、ネスト村に持ち帰りましょう」

僕が微妙な顔をしていたからだろう。ヨルドがそう提案をしてくれた。頭がないだけで確かに印象はかなり違う。

ブラックバッファローやラリバードの解体を日頃から見慣れている子供たちなら、大丈夫かもしれない。

「了解、カリスキーとジミーにそのように伝えておいて。それから、オークの素材で使える部分ってやっぱり牙？」

「そうですね。加工して武器に使用されます。あまり高額な素材ではないですけど」

「そうなんだ……でも、錬成素材としては使えるはずだから、骨もあわせて回収しておこうか」

逃げるオークに戦う意思はないようで、このまま討伐しながら、ワイルドファングとブラックバッファローの棲息するエリアに押し込んでいく。

ラリバードのエリアはなるべく避けるようにしたい。魔の森最弱だし、オークに食べられてしまうのは癪《しゃく》だからね。

「今夜はオーク肉ね！」

筋肉質に見えて、お腹の肉は脂肪が多く美味しいらしい。あとはモモ肉や内臓あたりが人気なのだとか。

豚で何か食べたい料理とかあったかなぁ。豚肉、豚骨……トンコツか。スープとか作れたらラーメンが食べたくなってくるよね。

戻ったらペネロペと相談してみよう。

◇

結局のところ、魔の森に追いやったオークの数は三千体ぐらいになった。過酷な魔の森で生きていけるかは彼らの運と行動次第だ。

ローズが愚痴るように言う。

「ジェネラルも一体しか狩れなかったし、ステータスが下がってるからまったく手応えがなかったわ」

オークジェネラルについては、全て討伐させてもらった。指揮下スキルは厄介だし、オークキングはジェネラルから突然変異で生まれると聞いたからだ。

「オーク肉が美味しかったらまた狩りに来よう。彼らが魔の森で冬を越せたらだけどね」

僕的には、適度に生き残ってもらえれば多様性が保たれるので、魔の森的にもいいのではと思っている。いずれにしても、オークが巨大な組織になる前に適度に間引きされていくような、厳しい環境だろうし。

生き残りたいなら、逃げ続けて守りを固めるしかないだろう。まあ、春に三分の一でも残っていればいい方かもしれないね。

「数はワイルドファングの方が多いですし、かなり減らされるでしょうね。定期的に我々も様子を見ましょう」

「そうね。奥にはブラックバッファローがいるし、オークに逃げ場はないわ。生き残れるかしら」

単体Dランクのオークとワイルドファングの戦いか。オークの方が素材的な意味で旨みが大きいので、頑張って生き抜いてもらいたい。

そんな会話をしていると、ローズは今さら気づいたように眉根を寄せて言う。

「それにしても、それ、くっさいわね。本当に食べられるの？」

実は今、僕はちょっとした料理をしているのだ。

僕の目の前にある鍋の中には、オークの骨を叩き割ってエキスが出やすいようにした物を下茹《したゆ》でしてもらっている。ネスト村で採れた野菜をぶち込み、アクを取って、臭《くさ》みを取り除いているのだけど、茹でた豚骨からは濃厚で強烈な臭《にお》いが出てくる。

「ペネロペ、オークの骨は白濁するまで煮詰めてもらいたいんだ。それと、オーク肉の煮込みはあとでカットして使うからね」

「はい、お任せください。それにしても、かなり臭《にお》いが強烈なようですが……これは大丈夫なのでしょうか？」

「うん。臭《にお》いはあれだけど、大丈夫なはず。念のため、デトキシ草も一束入れておこう」

自信はないけど、豚骨ラーメンのスープって臭《にお》いはかなりのものだからね。味付けは塩と胡椒にバターしかないから、これで何とかするしかない。

続いて、ジミーが話しかけてくる。

「クロウ様、細い糸のような物はこれぐらいの量で大丈夫でしょうか？」

「ネスト村の胃袋を甘く見ない方がいい。それじゃあ全然足りないよ。あの行列を見るんだ。ジミー」

ジミーが細い糸と言ったのは麺のことだ。彼ら錬金術師に麺作りをお願いしておいたけど、用意できたのは三十人前といったところ。残念ながら、行列はすでに百人を超えている。

「何で、食べたこともない料理にあんな行列が……」

ピザ、ポテチと紡いできた僕の料理に対する信頼は、これ以上ないくらいに高まっているのだよ。豚骨スープのあきらかに怪しげな臭《にお》いが立ち込めているにもかかわらず、この行列なのだ。

ちなみに、鼻が敏感なラヴィと鼻をつまんだネルサスは僕から距離を置いている。ラヴィはしょうがないけど、ネルサスはこの料理は失敗すると思っているのだろう。

新作が発表される時は必ず僕の近くをキープするはずのネルサスがこれだけ離れているのだ。残念だよ、ネルサス。お前に食わせる豚骨ラーメンはねぇ。

「かなり煮詰まってきましたが、少し水を足しますか」

あまりこってりすぎても、万人受けはしないか。臭《くさ》いスープがたまらないという人種はそれなりにいるけど、それは今後、多様性をもってネスト村の人に任せていけばいい。

「うん。そのあたりはペネロペに任せるよ。それでゆで卵はできてる？」

ペネロペは指を差して、鍋とにらめっこしているローズとディアナを見やる。どうやらゆで卵は弟子に任せたらしい。

本来なら煮卵にしたかったけど、醤油がないし、普通に半熟ゆで卵にしてもらった。ラリバードの卵は味が濃いから、それなりにアクセントになるはず。

「よし。じゃあ、試作品を食べてみようかな」

器にラリバードから採った油を入れ、バターと塩、胡椒を。そこに白濁した豚骨スープを流し入れる。

豚骨スープもデトキシ草が効いたのか、臭みは少し取れているようだ。ラリバードの甘い油と混ざり合い、よい香りがぶわっと周囲に広がっていく。

「ジミー、茹で上がった麺を」

「はい、こちらに」

しっかり湯切りした麺をスープの中へ。トッピングにオーク肉のチャーシューとラリバードのゆで卵をカットして載せれば完成だ。

息を呑む音が聞こえる。白濁したスープから立ち上がる香り、そして見たこともない麺料理の完成だ。みんな気になってしょうがないのだろう。

まずはスープを一口。

豚骨の荒々しい強烈なインパクトを、甘い油と濃厚なバターが優しく包み込む。塩と胡椒だけの調整でここまでの仕上がりになるとは、正直言って想像以上だ。

麺をスープからすくい、おもむろにすすり上げる。

ズルズルズルぅー。

一口、二口とすすると、続けざまにカットしたチャーシューにかぶりつく。

美味い。これは止まらない。麺はあっさりしていながら濃厚なスープに合うし、箸休めに食べるチャーシューは食欲を更に煽《あお》っていく。

またすぐに麺をすすって、半分に切ったゆで卵をいただく。濃厚な半熟卵がよいアクセントになっているようだ。

口の中に半熟の黄身が残っているうちに、再び麺を放り込みたい。スープと一緒に呑むと、たまらない満足感が胃に流れ込んでくる。

これぞまさに、ラーメンだ。

「ちょっ、ちょっと、私たちの分も作りなさいよ」

「作り方は見てたでしょ。ペネロペからスープをもらって自分でやりなよ」

「わ、わかったわよ」

ローズと話していると、ネルサスがやって来る。

「あ、あのー、クロウ様。この行列は大変でしょう。このネルサス、お手伝いに参じました」

「ああ、手伝いは間に合ってるんだ。ジミー、手伝ってくれた錬金術師たちに、この豚骨ラーメンを」

「ありがとうございます！」

相手にしてもらえず慌て出すネルサス。

「ク、クロウ様？」

「ペネロペ、味を見てもらいたいんだ。スープの濃度でも味は変化するからね」

「クロウ様ぁー！　も、申し訳ございませんでしたぁ」

ついに土下座までしてきたね
「どうしたのネルサス。もしかしてこの臭《くさ》い不味《まず》そうな料理を食べたいの？　鼻をつまんで遠く離れていたというのに？　そうだね、今なら行列に並べばギリギリ食べられるかな……いや、スープが足りなくなるか……」

「うわぁぁぁん！」

叫びながらダッシュで行列の最後尾に走っていくネルサスだった。おそらく食べられないだろうけどね。

8　ネス湖完成と秘薬の錬成

広場では、オーク肉の焼肉、内臓を使った煮込み料理などが振る舞われている。人型のオークでも気にすることなく食べられるのは、辺境の地ならではなのだろうか。

味はそうだね。まんま豚肉だった。

僕は内臓についてはちょっと遠慮させてもらった。料理だけ見れば普通なんだけどね。人型の内臓ってもうさ……いや、美味しいんだろうけどね。

ちなみに豚骨ラーメンは、行列に並んだネルサスの手前で完売。自分の判断を悔いるがいい。泣き崩れるネルサスには、チャーシューとゆで卵だけ渡してあげた。

レシピはもうペネロペの頭の中に入っているので、近いうちにまた作ってもらおう。それまでは我慢するんだね、ネルサス。

麺作りも錬金術師たちの錬成でスムーズにできた。麺の太さを変えたり、ちぢれを加えてみても面白いかもしれないね。錬金術師の能力に応用が利くようになってきているのは喜ばしいことだ。

これなら、パスタ料理、グラタン、ラザニアとかにもチャレンジしてもいいかな。

「錬金術師が何でもできすぎて、仕事が増えすぎるな。これでは人員が全然足りないよ」

僕のその言葉に、ローズが呆れたように反応する。

「錬金術が万能すぎるのよ」

ポーション作り、農作業からインフラ関係の整備、村の警備と防衛、狩りの手伝い、牧場の手伝い、料理、と錬金術師はもはやネスト村には欠かせない存在になっている。

そこへ、セバスが言う。

「錬金術師の補充は春まで待ちましょう。それよりクロウお坊ちゃま、オーク肉の煮込み料理をお持ちしました。かなり出血されたと聞いています。これを食べて血を増やしてくださいませ」

「い、いや、僕、オークの内臓はちょっと……」

「この肝臓の部分は増血にもよいと聞きます。これだけでも召し上がってもらいますぞ」

セバスが持ってきたのは、大量の煮込み料理。

モツ煮は好きだけど、僕の好きな煮込みは醤油と味噌で味付けされた物なんだ。オーク肉の煮込み料理も味は美味しいだろうけど、オークの解体を見てしまったあとだけに、気分が悪くなりそうだ。

「う、うぷ。それにしても大量だね……」

「はい、肝臓は全部食べてもらいます」

目が怖いので逆らわない方がいいな。セバス的には、僕が一人でオークキングを倒しに行ったことをまだ怒っているのだろう。

とりあえず謝っておこう。

「ご、ごめんなさい」

「何を謝っておられるのですかな。さあ、こちらの肝臓をもう一つ」

せめて、誰か護衛を連れていくべきだったね。普通に考えて、貴族の息子が率先してボスと一騎打ちとかしちゃダメだよね。知らず知らずのうちにローズの影響でも受けてしまったのだろうか。オウル兄様とかローズとか、貴族でも剣術に特化した天才とかじゃない限り許されない行動だったと思う。

「あの時は錬金術で距離を置いて戦うつもりだったし、オークに飛び道具はないと思い込んでいたんだよ」

「そうであっても、あの大軍を突き抜けてボス個体と一人で戦うなんて、領主の考え方ではございません」

「ラ、ラヴィもいたけどね」

「手が止まっておりますぞ」

本当にこの量を食べさせるつもりか、セバス。文句を言ってると、肝臓だけでなく他の内臓まで食べさせられそうなので黙って食べよう。

「う、うぷ……」

気づけばいつの間にか、オークのせいで一時中断した熊鍋祭りから、オーク肉祭りに変わってしまったな。

広場には危機を乗り越えた安心感からか、みんなのお酒が進んでるみたいで、オーク肉を頬張りながら楽しく騒いでいる。

そんな光景を見るだけで、この村を守れてよかったなと思う。

移民の方々も辺境の地に不安があったろうけど、うちの防衛力も知ってもらえたし、これで安心して働いてもらえるはず。

「とりあえず、明日からはハム作りかな」

「クロウお坊ちゃま、ハムとは何でしょうか」

「きっと食べ物ね。また美味しい物を作ろうとしてる顔よ」

ローズは、僕がオーク肉をずっと見て、考えごとをしていたのを見逃さなかったようだ。

「肉を塩水に浸《ひた》してから、燻製にして茹でるとハムになるんだ。そうすれば長持ちするんだよ」

これから寒くなるからより日持ちしやすくなる。狩りが失敗しても、冬の間は燻製ハムとソーセージで足りない分を補えばいい。

「日持ちって、干し肉でなくて？」

「他にも保存の利く方法はあるんだ。日持ちさせるにしても、様々な種類がある方がいいでしょ。

それにハムの方が美味しいし」

スモークと茹で上げの工程は、ラグノ村チームに任せておけば間違いないだろう。

僕がそう考えていると、セバスがいぶかしげな顔で言う。

「クロウお坊ちゃま、前から不思議に思っていたのですが、そうした知識はいったいどこで得られたのでしょうか？　私はこれまで生きてきて、お坊ちゃまがしてくださるような話を聞いたことがありません」

「そ、そうなの？　ま、まだ、構想段階の話だから上手くいくかはわからないよ。ソーセージみたいにできればなと思ってね」

「確かに茹でたり燻《いぶ》したりすることで長持ちすることは文献で読んだことがあります。いろいろ試してみるのもよいでしょう」

あまりやりすぎてしまうのも怪しまれるか……いや、でも美味しい食文化を作り上げるにはまだ足りない。

ネスト村の人たちは僕が新しい料理を開発することを喜んでくれているし、この村の中でなら多少は大丈夫だろう。

ここは辺境の地であって、外から人が来ることはほとんどない。つまり、村に出入りしているスチュアートに黙っててもらえれば、ここで何が起こっているのかはある程度隠せる。

セバスもマイダディに報告することはあっても、そこでいったん情報は止まるはず。情報を広げるかどうかはマイダディの判断に任せておけばいいのだ。僕が考えることではない。

そんなことはさておき、朝起きたらハムエッグが食べたくなる時があるじゃないか。パンにバターを塗ってハムエッグを頬張る。それから、塩と胡椒で味付けされた美味しいトメイトスープがあれば最高だ。

ハムを作っておけば、食べる時に切るだけでいいし料理の時短もできる。また、ソーセージ同様にピザの具材となり、ネスト村の新たな料理となっていく。

鍋料理にもいいし、バーベキューにして炙《あぶ》っても、それをサンドしてもいい。あー、楽しみだ。

◇

ハム作りはペネロペにローズ、それからドミトリーといった元ラグノ村のみんなを中心にお願いをして、僕は大量のオークの後片付けをするためにゴーレム隊を率いている。

寒い季節とはいえ、このままにしておくと腐って疫病《えきびょう》とか発生しかねない。ブラックバッファローの時と同様に、サイファにファイヤーしてもらわなければならないのだ。

ネスト村も人数が増えたので、解体とハム、干し肉作りでかなりの量を作れると思うけど、足の早い内臓や食べられない部位などは大量に残ってしまう。

「ゴーレム隊は骨と牙を回収したら、ここに捨ててくださいね」

ネスト村から少し離れた場所に、ゴミ捨て場として巨大な穴を錬成しておいた。捨てられた肉は片っ端からファイヤーしていく。食べられない部位とはいえ、香ばしい匂いが充満してたまらない。

この周辺だけでも相当な数のオークが死んでいるし、ハリケーンされたオークとかが酷い亡骸《なきがら》になっているので運ぶのも大変だ。

あとでしっかり洗浄しないと臭《にお》いが大変なことになりそうだね。

さて、僕はセバスとともにネスト村の今後の防衛について話を進めていく。

「やはり、魔の森に面した西側は強力にするべきでしょう」

「オークが来た東側はどうする？」

「今回はイレギュラーケースでございましょう。ただ、何が起こるかわからないということが理解できました」

さすが辺境の地。よくわからないけど怖すぎる。いきなり二万のオークとかどんだけだよね。

「あんまり巨大化しすぎると防衛するのもひと苦労なんだよね」

今回のオークとの戦いで思い知ったのは、壁を広げたことで、防衛する人員と、ゴーレム隊のカバーするエリアが薄くなってしまったこと。

とはいえ、移民の数はまだまだ増える予定なので広げざるをえない。

「クロウお坊ちゃま、そこで提案なのですが、ネスト村の完成形を踏まえたうえで村を水で囲いましょう」

「水で？　堀を造るってことかな」

「堀なんて小さな規模ではありません。クロウ様がいれば、ネスト村を大きな湖で囲うことも可能でございましょう」

「な、なるほど。思いきった考えだね」

「そして、敵に攻めさせる場所だけ堀を造ればよいのです。そうすれば、空を飛んでくる魔物以外は攻撃場所を限定できます」

ネスト村全体を湖で囲ってしまうのか。

水深を深くして距離も数百メートルとかある湖を造ってしまえば、魔物だって、わざわざ泳いで攻撃しようなんて考えない。

さすがはセバス、いい案かもしれない。空を飛んでくる魔物とか、ネスト村周辺で見たことないしね。まあ、それでも空については今後のために何かしら考えることにしようか。

「湖に名前を付けなければならないかな」

「ネスト村の湖ですから、ネス湖とかでございましょうか？」

「い、いや、その名前は何となくやめておこう。何となく未確認生物というか、ドラゴンみたいな巨大生物とか棲みつきそうだから」

「ドラゴンはそう簡単に棲処を変える種族ではございませんよ」

ちなみに、エルドラド領でドラゴンといえば、アイスドラゴンだ。見たことはないけど、小さい頃から悪いことをしたらアイスドラゴンに食べられるとか、迷信のようなことを言われて育ってきたものだ。

「水に棲むならウォータードラゴンか。念のため、あまり深くしすぎないように造ろうかな」

「ですから、ドラゴンはそう棲処を変えない種族かと……」

何があるかわからない辺境の地だ。後々にも大型の魔物が棲処にしづらいようにしておこう。僕は学べる領主なのだ。

外側は深く掘り、中央付近で少し浅く、村の手前付近も浅くていいかな。村人が溺《おぼ》れても困るからね。

「それにしても、ネスト村をこんなに大きくするつもりだったの？」

「そうでございますね。五千人規模の街を想定しております。牧場ができた分だけ少し広くなりましたが、概《おおむ》ねこんなものでしょう」

セバスのイメージではゆとりをもって五千人規模。牧場も今よりも五倍の大きさにする予定らしい。

これだけ広がってしまうと、全てを土壁で覆うというのも、確かに防衛の観点から見たらかなり大変だ。

「堀にする場所の入口は魔の森に向けてでいいの？」

「狩りに行く近道になるでしょうし、迎え撃つなら正面からでよいでしょう」

よし、イメージは固まったな。決まったのならさっさとやってしまおう。

「錬成、掘削！」

このあたりは僕も慣れたものだ。だてに貯水池を二つも造っていない。

「クロウお坊ちゃま、湖の中央に何か造るおつもりですか？」

「セバス、僕は何も考えずに釣りをする時間を作りたいんだ」

「釣りでございますか？　川魚でしたら新鮮で大きな物がケポク族から定期的に届けられておりますが」

「違うんだよ。そうじゃないんだ。何も考えずに糸を垂らして、昼寝をしたり、本を読む時間が欲しいんだ」

「それはすでに自宅でやられているかと……」

「まあまあ、村の人たちにも気分転換に使えるように設備を整えておくからさ」

「は、はあ……」

人気になって僕の昼寝スペースがなくなってしまっては困るので、釣り島は複数造っておこう。

セバスだって、のんびり釣り糸を垂らしたい時がきっと来るはずだ。その場で魚を焼けるように網付きのバーベキューセット、ゆったり座れるリラックスチェアと釣竿を置く竿受けも必要だな。

日差し避けのタープテントとかはまたあとで考えよう。あー、今からとても楽しみになってきた。

さっさと終わらせてしまおう。

湖の周りには柵を設けて、子供たちにも気をつけてもらうように伝える。とはいえ、ネスト村側から十メートルぐらいは浅いエリアにしているので、そこまで危なくもない。

◇

「あまり遠くまで行ったらダメよ」

「大丈夫だって！　クロウ様が網とブイを張ってくれたから」

キャッキャッと楽しそうに湖に入って遊ぶ子供たち。釣りスペースと距離を離しておいてよかった。これでは魚が逃げてしまうからね。

水遊び、水浴び大好きな子供たちが意外に多くいたので、念のため深くなる場所まで行かないようにブイを目印にして網を張ることにしたのだ。

「マリカ、子供って何でこんな寒い季節に水に入るんだろうね」

「私から見れば、クロウ様も子供なのですが……」

「まあ、僕は貴族として育ったから環境が違うのかもしれないね」

「王都でも、安心して水遊びができるような場所はございません。そもそも、水はとても貴重なものですから、遊びで使うなんて考えられません」

「それもそうか」

「遊ぶ場合、近場の川に行くことになりますが、そこでも冒険者に周辺を守ってもらいながら水浴びをしたり、遊んだりするのです。そこまでお金を掛けられるのは貴族様や大商人様に限られるでしょう」

王都やエルドラド領には海がないため、水遊びというと川遊びのことをいう。ネスト村も井戸はかなりの数を掘ったけど、それまでは長い距離を歩いて川へ水を汲みに行っていた。

そう考えると水で遊ぶとか怒られちゃうよね。僕が造った貯水池も村の外になるので、子供たちが気軽に行ける場所ではない。

「ともあれ、夏場は涼みながら遊べるから子供たちも喜びそうだね」

「私からしたらクロウ様もまだ子供と呼ばれる年齢なのですが……」

二歳上のマリカは十四歳。お姉さんぶりたい年頃なのだろう。

実際、マリカは王都でポーション販売だけで生計を立てていたわけだし、大したものだと思う。

この世界では十二歳でスキルを授かり、十五歳までに独り立ちするのが一般的らしい。といっても、商人の子供とかの場合ね。

貴族の場合は、十四歳から三年間を各種学校で勉強し、専門的な分野を学ぶ場合は更にそこから二年。跡継ぎの場合、基本的には十七歳から貴族としての務めを行うために領地に戻る。

「僕は大人だから水遊びなんてしないよ。のんびり釣り糸を垂らしながらトメイトジュースでも飲んでるね」

「ネス湖の景色は美しいと思いますけど、飽きませんか？」

ちなみに湖の名前はネス湖に決まってしまった。

もちろん僕は反対をしたんだけど、代案がクロウ湖だったので、それは何とか勘弁してもらって、では、とネス湖に落ち着いてしまった。

ここにネッシーが来ないことを祈るしかない。

「マリカ。人はね、のんびり過ごしていると素晴らしいアイデアや面白いことが浮かんだりするんだ」

「それは貴族的な考え方なんでしょうね。生きるためには働かなければなりません。働いていたら毎日を生きることで精一杯の人がほとんどですから」

「マリカは働きすぎなんだよ。三日に一回は休むように言ってるのに、休みの日までポーション作ってるじゃないか」

何度注意しても、休みの日でさえ、深夜までポーションを作っては研究を繰り返している。もうこの子、ポーションに取り憑かれているとしか思えないよね。

「私の場合は息抜きでポーションを作っているので、働いてる感覚とは違うのです。ここには私がたどり着けないレベルのポーションがあります。いつかその領域まで足を踏み入れたいのです」

そう言われて両手をギュッと握られる。

何なら顔もとても近い。

僕を師として尊敬している感じのあれなので、もちろん恋愛的なやつではないと思う。

しかしながら、それは自分の美しさを知っているマリカなりの作戦であることは間違いない。

マリカはポーションのためなら自らのあざとさを顧《かえり》みない子なのだ。

「そういうことなので、ここは何とかポーションの前借りをお許しいただけないでしょうか。ネス湖完成のお祝いに！」

「ダメだよ。昨日はオーク撃退祝いとかでポーション一箱持っていったでしょ。在庫が少なくなってきたから増やさないとならないのに」

「たまにはクロウ様のポーション作りを見せてもらえませんか。そうしたら在庫も増えますし、錬金術師たちのモチベーションもぐぐっと上がると思います」

その話ぶりからすると、錬金術師たちのモチベーションがそんなに高くないことになるけど。

おかしいな、ジミーからはそんな報告を受けていない。

「モチベーション低いの？」

「錬金術師たちもいろいろな考えの方がおります。最近はゴーレム隊が一番人気ですね。畑仕事が好きな方もいますし、残念ながらポーション作りは人気が低くなっています」

そういうことか。ゴーレム隊は錬成スキルの高い上位十名で構成されているから、そこを目標にしているのは何となくわかる。

春になって魔石が届けられれば、全員がゴーレム隊になる予定なんだけどね。

「それにしても、ポーション作りって人気なかったんだね」

「Bランクポーションが作れないからです。素材が無駄になってしまうのがつらいらしいですよ。自分で畑に魔力供給して育てた薬草を無駄にしてしまうのですからね」

ネスト村で作るポーションは、Bランク以上の品質しか認めていない。現状では僕とマリカしかBランクを作れていないのだ。

ジミーあたりだと、そろそろ作れそうな気はするんだけどね。

「わかったよ。Bランクポーションは販売の要《かなめ》でもあるからね。僕も感覚派だからコツを教えるとかは難しいけど、モチベーションを高めることに繋がるならやろうじゃないか」

モチベーションをアップさせるのは割と簡単なこと。やる気にさせれば問題ないので、単純にご褒美を用意すればいいのだ。

◇

「というわけで、Bランクポーションを作れた人から順番に、ゴーレム隊への入隊を認めることにする」

まあ、君たちは全員春にはゴーレム隊になる予定なんだけどね。

「クロウ様、Bランクポーションを作れるのはマリカ殿だけです。そうなると、現在ゴーレム隊のメンバーはどうなりますか？」

「春に増えるゴーレムの数にもよるけど、メンバーの再考もありえると思ってくれていい。それから移民の中には錬金術師たちも多く含まれているはずだから、競争は更に激しくなるよ」

煽るわけではないけど、多少の張り合いはあってもいいだろう。ちなみにゴーレム隊だからといって、給料がそこまで上乗せされるわけではない。危険手当てが増えるぐらいだ。

ゴーレム隊に選ばれることが一つのステータスになっているのなら、それを利用させてもらおうじゃないか。

ジミーに聞いたところ、マリカを除いたゴーレム隊の九名については、Bランクポーションは直《じき》に作れるだろうとのこと。何人かは数回だけど、Bランクを完成させたこともあるのだとか。

頑張ってね、残りの二十名よ。

「ご、ごほん。それでは、今日は僕がお手本としてポーションを作るから。みんなもBランクポーションをいち早く作れるよう、しっかり見ておくように」

「ありがとうございます！」

用意してもらったヒーリング草は朝採れの質の高い物。水は井戸から汲みたての綺麗な物なので、このまま作るとAランクポーションになってしまう。

近頃はポーションを作ってなかったので、慎重にやらなければならない。油断すると黄金色に輝くAランクができるだろうな。

それに最近、どうも魔力量が増えてきている気がするんだよね。僕が作りたいのは、薄紅色をしたBランク。素材がよい以上は魔力を相当少なくして錬成するしかない。調整するのが難しくなってきたな。

「錬成、回復ポーション！」

はっきりわかるほど、全然魔力を込めていない。失敗しないといいんだけど、これぐらいならば大丈夫そうか。

「こんなあっさりとBランクポーションを」

「さすがはクロウ様」

「あ、あれ？　な、何か色が……」

「こ、これは、黄金色になっていってないか!?」

「ま、まさか、私たちのためにAランクポーションを！」

そ、そんな馬鹿な……

ちゃんと薄紅色になりそうだったのに、完成する寸前で黄金色に変わってしまった。

錬成を終えてしまったポーションを再変化させることはできない。

「ぼ、僕ぐらいになると、魔力なんてほとんど使わなくてもAランクポーションができてしまうんだ。もちろん、みんなが畑に魔力供給してくれた品質の高い薬草を使っているからだけどね」

「わ、私たちにもできるようになるのでしょうか？」

「高品質の薬草を使って錬成できるから、今までよりも可能性は高いはずだよ。しかも、この井戸から汲み上げた水はキルギス山系の良質な物なんだ。特訓を重ねてきた皆なら必ずできる」

「お、おおお！」

少しはやる気が出てきたようなのでホッとする。

僕の雑用を早くお願いしたくて、特訓を優先させすぎてしまった。そのことがポーション作りを後回しにさせてしまうとは……これは僕にも責任がありそうだな。

少なからず、モチベーションのアップにはなったようなのでこれでよしとしよう。

「よ、よしっ。私も早くゴーレム隊に入りたいし、ポーション作りを頑張ってみよう」

「そ、そうだな。正直ポーションを作るのは過去の嫌なことを思い出すようで気が進まなかったんだが……」

「わかる。どうせCランクしか作れないと思うと、体が拒否反応を起こしてしまうんだよな」

「私は外で作業をしていると応援してくれる人たちがいるので、ついポーション作りから離れておりました」

人それぞれ考えは様々だけど、錬金術師という職業の闇《やみ》を垣間見た気がするね。

「みんなが頑張っている特訓の成果がポーション作りだと思ってほしい。熟練度が上がれば間違いなくBランクを作れるようになる」

「はいっ！　必ず、Bランクポーションを作ってゴーレム隊に入ってみせます！」

みんな毎日錬成しているんだ。畑も草原も土壁も、来た時と比べたらかなり上達している。

ポーション作りをやってないだけで、実際にはほとんどの人がBランクにいけるんじゃないか。

ポーションはネスト村の主力商品の一つであるわけだし、やはり錬金術師たちにはBランクを早々にクリアしてもらいたい。

そうすれば、僕がもっと楽になるからね。

すると、おもむろにマリカが手を挙げた。

「えーっと、何かな、マリカ」

「みんながBランククリアでゴーレム隊に入れるというのなら、私は何をすればご褒美がもらえるのでしょうか？」

「えっ、ご褒美欲しいの？」

コクコクと頷くマリカ。といっても、Aランクポーションを作れるマリカに何を目標にしてもらえばいいのかわからない。

「ちなみに聞くけど、ご褒美の内容は決まってるのかな？」

「三日間、クロウ様を独り占めする権利とかでどうでしょうか」

「えっ、何それ。僕は、いったい何をさせられるの」

「まあ、それは秘密です。一応、セバス様にも許可をいただいてます。冬の間は暇になる日も多いから構わないと」

まさか身内から裏切り者が出るとは思わなかったよ。これも、品質保持魔法を使えるマリカ優遇策の一つということなのか。

「それじゃあ、五本連続でAランクポーションを成功させたらね」

「むむむ、五本連続はなかなか厳しいかもですね……でも、冬は長いですから必ず成功させてみせます！」

それで、この少女は僕に何をさせるつもりなのだろう。

翌日から、錬金術師たちのポーション試験が開始された。試験は十日に一度、アトリエで行うことにした。

今日はその初日、第一回目の試験だ。参加者は全員で、皆やる気に満ち溢れている。

「じゃあ、ジミーからやろうか」

「は、はい。では……」

ジミーの錬成はとても丁寧で、魔力量もそれなりに高い。マリカの次に実力があるのは間違いなくジミーだ。彼がまだ難しいのなら他の人たちも時間が掛かるだろう。

素材を丁寧に容器に入れて、隣に新品のポーション瓶を置く。腕をまくり、一つ深呼吸をしてから目を瞑《つむ》り、集中していく。

「錬成、回復ポーション！」

ヒーリング草と水、そしてジミーの魔力が混ざり合うとポーションへと変化していく。

「うん、薄紅色のBランクポーションだね。おめでとう、ジミー」

「あ、ありがとうございます」

君のゴーレムは魚臭《くさ》いから、責任を持ってしっかり管理してもらう。

「ジミーには引き続き、ケポク属の集落にあるゴーレムを管理してもらうよ」

「あ、あの、ゴーレムの変更は……」

「それでは次の人、やってみようか」

悲しそうな顔のジミーだけど、新しいファングタイプのゴーレムが完成したらチェンジしてあげてもいい。

そうして、試験を受けた中でBランク作成に成功したのは五名だった。他の人も惜しいところまできているので、この冬の間には問題なく作れるようになる気がする。

春に新しく来る錬金術師たちに、先輩として指導に当たってもらえそうで安心する。

「それじゃあ、最後はマリカだね。準備はいいかな？」

「ふぅー。問題ありません」

息を大きく吐き、心を落ち着かせているようにも見える。

マリカにはAランクポーション五回連続成功にチャレンジしてもらう。

前回見た時はかろうじてAランクポーションを完成させていた。僕が知る限り、その一本のみだ。

マリカがその後どのような訓練を積んでいたのかはわからないけど、まだまだ難しいだろう。

「錬成、回復ポーション！」

一回、二回と連続で成功させたのはさすがだと思う。

「連続でAランクポーションを……」

「す、すごい！　やはりマリカ殿は別格ですな」

「綺麗な黄金色のポーション。クロウ様と同じことができるとは」

「勘違いしないでください。私のポーションとクロウ様のポーションでは、同じAランクといってもその品質は比べものになりません」

同じ錬金術師の同僚、そしてかろうじてその高みが見えているマリカの発する言葉は彼らの心に響く。

つまりあれだ。僕が「こんなの簡単にできるでしょ？」とか言ってしまってはダメ。それぐらいは僕にもわかっている。錬金術師たちのやる気を削いでしまうことになるのだ。

「で、では、三回目いきます」

しかしながら、三回目の錬成はあきらかに魔力供給に揺らぎが出てしまっている。集中力切れなのだろう。やはり連続五回というのは、マリカにとってもそれなりにハードルが高いらしい。

「ううう……もう少しいけると思ってたのですがダメでした」

とはいえ、王都の錬金術師がこの光景を見たら腰を抜かして驚くことだろう。

ちょっと麻痺しているかもしれないけど、Aランクは簡単に市場に流れる代物ではない。今後は対策的なことを考え始めなければならないかもしれない。

Aランクポーションの相場を考えると、マリカはこの一瞬で二億ギル近い価値を生み出していることになる。もちろん品質保持魔法があっての価値になるけどね。

それからネスト村産の薬草と水があることで錬成しやすくなっている。だけど外部の人間からしたらそんなことはわからない。

ネスト村で高品質のポーションが作られているとバレてしまった時は、錬金術師が人攫いに遭ったり、危険なことに巻き込まれたりする危険性が出てくるだろう。

「残念だったね。自分でもわかっているかもしれないけど、魔力供給が雑になっていたよ。マリカもアトリエに籠もってばかりじゃなくて、もっと畑に出た方がいいかな」

「うー、頑張ります」

「では、解散。次の試験は十日後ね。しっかり特訓に励むように。あっ、ジミーとマリカはちょっと話があるから残ってくれる？」

「は、はい」

「何でしょう。おまけで合格にしてくれるんですか？」

「そんなわけないでしょ。二人には今後のことについて、少しだけ話をしておきたかったんだよ」

ジミーには、冬の間はレッド村に行ってケンタッキーと常駐してもらう。骨粉の試験も兼ねているので、上手くいけばエルドラド領で大々的に広げていきたいのだ。

「つまり、ジミーがいない間のリーダーに私が任命されたのですね！」

「仮だけどね。ジミーが戻るまでだよ」

「クロウ様。それで、話というのは？」

急かしてくるジミーに僕は告げる。

「うん、ジミーも感じているかもしれないけど、ネスト村で高品質のポーションが大量に作られていることが外に知られてしまったら、結構危ないと思うんだよね」

「そうですね。特にお二人はAランクポーションが作れますから、拉致監禁や誘拐といったことが普通に考えられます」

「ええぇっ！　そ、そんな」

マリカもそんなに驚かないでほしい。ここは辺境の地だけど、いずれはバレてしまうだろう。そもそもBランクポーションを隠すつもりはないからね。

「今は父上が情報統制しているから大丈夫だと思うけど、春以降は何とも言えない」

「錬金術師たちのいる区画を秘匿しますか？」

「いや、錬金術師たちにはこれから外へ出て活躍してもらうつもりなんだ。だから身を守る手段をゴーレムだけでなくて他にも考えていこうと思ってね」

ジミーには引き続きレッド村でケンタッキーとともにラリバードの養鶏と、骨粉とヒーリング草の研究を優先してもらう。

◇

何だかんだ言って、ラリバードの養鶏が成功すれば肉や卵が安全に手に入り、食生活が豊かに向上していく。エルドラド領のためにも、冬の間に何とか成功させてほしいところだ。

「それで、私たちは本格的な冬になる前に毒草探しですか」

僕は今、マリカとヨルドの三名で魔の森へ入っている。ゴーレムもいるので護衛は大丈夫だと言ったのに、セバスからヨルドを付けられてしまった。

「あー、寒い。毛糸の装備がないと、そろそろキツいよね」

「クロウ様、魔の森に入ると動き回りますから、毛糸は逆に暑くなりませんか？」

「錬金術師は動かなくても狩りはできるからね。錬成、アースニードル！」

ギャウワン！

二十メートルほど先で、ワイルドファングの頭を僕のアースニードルが貫いている。

「お見事でございます」

「クロウ様は、何であんなに遠くの魔物の気配がわかるのですか？」

「僕には鑑定スキルがあるからね。今日は特に毒草を探しているから、周辺を鑑定しまくっているんだよ」

「つまり、鑑定しまくっていたら魔物も引っかかって、隠れていてもわかってしまうと……」

「そうそう。ヨルドも気配とかでわかるんでしょ？」

僕が錬成しようとする前に弓に手を掛けようとしていたので、だいたい同じ程度で察知していると思う。さすがは疾風の射手のリーダーだ。

「そうですね。でも、私が弓を準備する前に終わってしまってますが……」

僕の鑑定も少しずつ進化しているみたいで、今回のように周辺全体を見ていても、魔物や植物の名称まで把握できるようになった。

植物の上に名前が浮かんでいる感じ、といったらわかりやすいだろうか。今見ている光景は、ゲーム画面にかなり近い感覚かもしれない。

ヨルドが尋ねてくる。

「それで、お目当ての毒草は見つかりそうですか？」

「うん。一つはもう発見したよ。あのギザギザの大きな葉っぱがスリープ草」

すると、マリカが嬉しそうに言う。

「スリープ草って、魔物を眠らせるやつでしたよね。冒険者向けに売れるアイテムになりそうです」

「そうそう。今回は身を守るために相手を眠らせる薬を作ろうと思ってね」

「クロウ様、スリープ草は取り扱いが難しいようです。魔物に使おうとして、使用者が眠ってしまったという例を聞いたことがあります」

このスリープ草は葉の部分をすり潰すことで催眠成分を抽出できる。魔物でも簡単に眠らせることができてしまう便利な代物だけど、周辺全体に作用するため、仲間が眠ってしまうという危険な事態が発生するようだ。

「面倒だけど、デトキシ草とセットで使用するしかないと思っている」

少量を肌身離さず持っていれば捕まっても周りを眠らせて、自分だけデトキシ草で覚醒して逃げられる。

「ところで、何種類の毒草を探すのですか？」

「あと、二種類だよ。といっても残りは毒草ではなく毒キノコだけどね」

ポイズンマッシュルーム。こちらは花粉ではなく胞子で体を痺《しび》れさせる。吸い込ませる量によって段階的に蝕《むしば》み、初期段階では身動きを封じる程度だが、そのまま呼吸困難にして最終的に死に至らせることができるという。

毒キノコとしてはかなり優秀で速効性が高い。ちなみに以前森で見つけて鑑定した時に、見た目がほぼ同じマジックマッシュルームを食べることで、ポイズンマッシュルームの耐性も作れるのがわかっている。

今回、その特性を利用するつもりなのだ。

「キノコは危ないですね。クロウ様の鑑定がなければ安全な物かどうかの判断がつきません」

「ほとんどが毒キノコだもんね。美味しいのもあるのにな……」

「これがキノコのやり方なのですね」

この世界では、キノコ類は危ないので食べてはいけない物とされている。九割ぐらい毒キノコなわけで、食用可能な物と似たような種類も多くて判別できないからだそうだ。

鑑定スキルのある僕にとっては、食用キノコを栽培するのもありだと思っている。でもそういうことなので、きっと売り物にはならなさそうだね。危ないからと、みんな食べたがらないだろう。どうしよう、怪しいキノコを食べている村とか、変な噂が広がってしまうかもしれないな……

「クロウ様、あの大きなキノコはどうですか？」

「おお、ビンゴだよ、マリカ。あれは食べても大丈夫なマジックマッシュルームだね。土ごと丁寧に採取して布で包んでもらえるかな」

「わかりました！」

「それでは、私は隣にあるキノコを採取しますね」

「ヨルド、そっちはポイズンマッシュルームだから触っちゃダメだよ。というか、こんな近くにあるんだね。これは間違えるよ」

「ポ、ポイズンマッシュルーム⁉」

見た目が同じなのに一方は猛毒なわけで、キノコの世界というのはかなりハードだ。これだから食用になっていかないのだ。

「ポイズンマッシュルームはゴーレムに採取させて、僕たちから離れて持って帰るようにするから」

「か、かしこまりました」

ポイズンマッシュルームは胞子が飛び散らないようにちゃんと箱に入れて持ち帰ってきた。あとでゴーレムも洗っておかないと危ないかもしれない。

胞子が飛ぶと吸い込んだら危ないし、そこら中にポイズンマッシュルームが生えてしまう。それをラヴィやラリバードが間違って食べてしまったら大変だ。

ただ、このキノコは定期的に増やして錬金術師たちに持たせておきたい。持たせるのは、錬成して煙玉のように地面に投げてモクモクするようなやつをイメージしている。これは様式美というものなのだ。

専用の栽培ハウスをポイズン用とマジック用に建てようかな。魔の森からキノコが生えていた木も持って帰ってきたので、原木として使用してみよう。

「クロウ様は博識なのですね。キノコが栽培できる物だとは知りませんでした」

「そこは、ほら。僕には鑑定のスキルがあるからね」

最近は僕の知識が疑われ始めているので、鑑定スキルのおかげというスタンスを貫いていくことにした。これでセバス対策もバッチリだろう。

ネスト村の人たちも持ち帰ったキノコに驚いているようで、「えっ、それ食べるの？」的な視線が多い。怖さ半分、しかしながら僕が持って帰ってきたので、ひょっとして美味しい？　といった食べてみたさ半分という微妙なとこっぽい。

新作料理に関して僕の評価はとても高く、今までの実績からかなり信頼されている。

美味しく調理できそうなら、村人全員にポイズンマッシュルームの耐性を作ってしまうのもありかもしれない。

「そうすれば、ネスト村の中に敵が入ってきたら毒攻撃で殲滅するのもありか……いや、そうなるとラリバードや羊たち、ラヴィにも耐性を作らないとならないのか」

「クロウ様、ヤバい顔をしてますね。また、よからぬことを考えてらっしゃる感じですね」

「ヨルド様、この表情の時は素晴らしいアイデアが浮かんだ時ですよ。私、楽しみです！」

「そ、そうですか……錬金術には驚かされっぱなしなのですが、今回はモノが毒なだけに怖いというか」

「そうですね。ネスト村を、いや、クロウ様を裏切ったらどうなるか、わからせるにはいい機会になるかと」

「い、いや、そういう意味じゃないですよ！」

何やらヨルドとマリカが不穏《ふおん》な話をしている。

けど、ネスト村の村人は食料事情も改善され、住環境は王都並み。仕事も順調で現状困っている人は特にいないはず。錬金術師たちも現在の報《むく》われている環境に感謝してくれているし、やる気も向上心もある。

逆に今の環境を投げ出す方がどうかしてると思うんだよね。

まだ小さな村だから全員の顔と名前もわかるような状況だし、困ったことがあれば気軽に相談もしてくれる。

「マリカ、スリープ草は新しい薬草として農家の方に錬成した種を配るように指示してくれるかな」

「かしこまりました。取り扱いの注意点をまとめて配布させますね」

スリープ草は念入りにすり潰さない限り大丈夫だと思うので、普通に薬草畑で育てよう。間違ってすり潰したとしても、眠るだけだし許してくれるよね。一応、ラヴィにも説明はしておこう。

「僕はマジックマッシュルームを鍋にする。ラリバードの骨とトメイトスープで煮込んでみるよ」

鶏とトマトとキノコの鍋。マジックマッシュルームは香りもいいので、美味しいスープになるといいんだけどな。

「私も食べたいです！」

「うん、少ししたら領主の館においで。ペネロペに作ってもらうからさ」

「はいっ！」

「あ、あの、クロウ様。私もご一緒させてもらってよろしいでしょうか」

「珍しいね。慎重派なヨルドがマジックマッシュルームに興味を持つなんて」

「クロウ様の鑑定スキルが間違いないことを証明してますし、私の勘が美味しいはずだと言ってます」

「わかった。サイファとネルサスも呼んでいいよ」

「ありがとうございます。きっと喜ぶと思います」


さて、早速料理を始めてみることにしたんだけど、さすがにペネロペもマジックマッシュルームを前にして固まってしまっている。

食材として使ったことがないだろうし、どうしたらいいかわからないよね。

「ペネロペはラリバードの骨とトメイトスープを煮込んでおいて」

「は、はい。そのキノコはどのようにするのですか？」

「軽く汚れを落としたら、そのままカットして鍋に突っ込む。キノコから美味しい旨み成分と風味、香りが出てくるから、味が馴染むように調整してもらえるかな」

「旨みが出るのですね。キノコはそのまま鍋に残して食べるのですか？」

「うん、食感も楽しめると思うんだけど、それは食べてみてのお楽しみだね」

こうして、キノコ鍋は美味しそうな匂いをさせながら完成した。マジックマッシュルームの香りが強く出すぎず、トマトスープが優しく包み込んでいる感じか。

「煮込んでもこの香りですから、肉料理とも合いそうですね。とてもよい食材です。そのまま焼いてもいけそうですね」

すでに味見をしているペネロペの評価はかなり高い。これならネスト村全員毒耐性計画を発動してもいいかもしれない。


「この香りが食欲を増進させますね！」

「スープに一段と深みが出ています。これはたまりません」

「お、おかわりを！」

「はいはい、いっぱい作ってますからゆっくり食べてくださいね」

キノコ鍋は疾風の射手の三人にも好評なようだ。

ペネロペの味付けセンスがいいのもあるけど、キノコの旨み成分が鍋に染み出して味に深みがある。マジックマッシュルーム自体もコリコリとした食感でいいアクセントになっている。

「これならネスト村の新しい食材として提供してもいいかな。ついでに毒耐性も付くしね」

「賛成です！　このマジックマッシュルーム、ピザに載せても絶対いけますよ」

ネルサスも気に入ってくれたようだ。何気にサイファもおかわりをしている。これならキノコといえども、食材として根付くかもしれない。どうせ提供するなら全員に耐性を持ってもらいたい。

「ネルサスには残りの鍋をあげるから、広場で美味しそうに食べてきてよ」

「おっ、いいんですか。では、村の人たちにちゃんとマジックマッシュルームの宣伝をしときますね」

ネスト村のみんなもキノコが気になっていた。Bランク冒険者でもある疾風の射手が美味しそうに食べれば安心するはずだ。

「さて、マリカは僕とアトリエに行こうか」

「毒の錬成をするんですね！」

「まずはスリープ草からね」

緊急時に使用するには、やはり液体から気体に変更したいところ。

捕まった時に、これ美味しいのでぜひ飲んでみてくださいとか言って渡しても、誰も飲んでくれないからね。

「どのように作るつもりですか？　今までのような飲み薬タイプというわけにもいきませんよね」

「気化させようと思っている」

「きか、ですか？」

「うん、僕が錬成で空気砲を使うのは知ってるよね」

「はい、風の魔法のようなものですね」

「そうそう、スリープ草は水ではなく風と錬成してガラス瓶に密閉するんだ。そうすれば、緊急時に瓶の蓋を開けたり、下に叩きつけたりするだけでその空間がスリープ状態になるでしょ」

マリカは自分の首に掛けているポーション瓶を見ながら、なるほどと手を打つ。

アル中兄弟の作るガラス瓶は密閉性が高いので気体でも漏れ出ることはない。とはいえ、これは流通向けの商品にはしない。

ポーション瓶は配送時に数本は割れてしまう。スリープを密閉した瓶が割れてしまったらドえらいことになる。

「マリカ、念のためデトキシ草を口に入れておいてね」

「はいっ」

「錬成、スリープ！」

二人してデトキシ草を咥《くわ》えながら、スリープ草と空気を混ぜるように錬成していく。どうやら気体にすると煙のように白色になるようだ。

「これなら、ポーション瓶の中にちゃんとスリープが入っているのがわかりますね」

無色透明の気体だと、万が一漏れてしまった場合にもわからないからね。

「よし。効果を確かめるのは後回しにして、次はポイズンマッシュルームから毒を錬成しよう」

「では、次は私にやらせてください」

危ないかなと思ったけど、僕もマリカもキノコ鍋をいただいているので毒の耐性はできている。大丈夫だろう。

「じゃあ、同じように風と錬成してポーション瓶に閉じ込めようか」

厳重に箱にしまわれていたポイズンマッシュルームを取り出すと、胞子が飛び散らないように注意しながらすぐに錬成してもらう。

「錬成、ポイズン！」

ポイズンはモクモクと重たそうな気体になると、瓶の中で紫色に変化していく。見た目からして毒っぽいのでわかりやすいな。

マリカが蓋を閉めると、モクモクはそのまま瓶の中に入っている。鑑定の結果も問題ないようだ。

「うん、成功だね」

「や、やりました！」

これで、錬金術師たちの護身用アイテム、スリープとポイズンが完成した。

次に調べるのは使い勝手だ。部屋に閉じ込められて使用したポイズンが、周辺一メートルにしか広がらなかったら何の意味もない。

逆に使用したスリープが必要以上に効果てきめんで、毒消しポーションで相殺《そうさい》できなかったらただの睡眠導入剤になってしまうのだ。

ということで、それから数本のスリープとポイズンを錬成してから、小さな実験室に移動した。

「量を少なくしたのは何か意味があるのでしょうか」

「スリープとポイズンは、錬金術師たちに肌身離さず持っておいてもらう必要がある。そう考えると、ネックレスタイプか、可能なら指輪に仕込みたい」

指輪に仕込める程度の量で効果を期待するのはさすがに難しいと思うけど、普段から身につけて気にならないぐらいの物にしたいのだ。

「私はポーション瓶ぐらいならまったく気になりませんけど。これぐらいの大きさじゃないと香りを感じられませんしね」

うん、知ってるよ。よくその重いガラス瓶をいつも首から下げてるよね。というか、瓶だけでなく、瓶についた香りまで堪能していたのか……

「そ、そう。畑仕事しながら重いポーション瓶を首から下げるのはちょっとね……何かの折に割れてしまっても困るし」

それに、いかにも怪しげな瓶を首から下げていたら、捕まった時に回収されてしまうだろう。やはり目立たないサイズでそれなりの効果を期待したい。

小さめの実験室で僕たちは、煙の広がり方を検証することにした。

往々にして監禁されるのは小さめの部屋だったり、移動は狭い馬車の中と考えられる。その中でどのように煙が広がっていくか。それを確認することで使えるかどうかを判断する。

「じゃあ、早速だけど蓋を開けてみよう。スリープからいくから、デトキシ草を口に入れて」

「はいっ、大丈夫です」

とりあえず一番量の少ないサイズから確認しよう。手のひらに収まる、だいたい百ミリリットルぐらいの容量だ。

蓋を開けると、白い煙がもやもやとゆっくり出てきては、周りに溶け込むようにすぐに霧散してしまう。

「こ、これはどうなんでしょうか？」

「うん、ちょっと量が少なすぎたかな。これでは周囲に広がっていかないね。次のサイズで調べてみよう」

次は二百五十ミリリットルぐらい。通常のポーションのおおよそ半分ぐらいのサイズだ。それでも、普段から肌身離さず持ち歩いてもらうにはギリギリの大きさになるか。

蓋を開けると、薄く部屋を覆い尽くすように広がっていく。

「これならば部屋全体的に影響が出そうですね」

「量的にはこれぐらいで十分ということか」

「次はポイズンですね」

ポイズンの方が煙に重さがあるのか、広がり方は下方向にゆっくり、といった感じだった。

問題があるとしたら、このサイズを二つ、常に持っていないとならないことだ。

「私は問題ないですけど、他の人は畑仕事や警備もあるので大変かもしれませんね」

マリカは畑仕事や警備の仕事には興味がないらしい。まあ彼女は、Bランクポーションを増やすことと品質保持魔法を掛けてもらう仕事で手一杯なので、しょうがないけどね。

「スリープについては、もう少し圧縮して小さくする方法を考えるか。問題はポイズンの方かな」

スリープはボール型にして地面に叩きつけて使いたい。そういうのをアル中兄弟に作らせるか。

「ポイズンは何となく重そうですからね……」

圧縮にも限度がある。スリープならもう少しギュッと詰め込めそうだけど、ポイズンは容量オーバーな感じがしないでもない。

思いきって胞子を持たせるか。

いや、胞子をそのまま持ち歩かせるのも危なすぎる。漏れてそこら中にポイズンマッシュルームが生えてきたらちょっと怖い。ネスト村が毒の村とか噂されかねない。

となると直接接種になるか。

「やはり毒針でしょうか？」

「そうだね。でもせっかく抗体を持っているんだから、煙として広範囲で使いたいよね」

その方が広く攻撃できるのだ。毒針だと使う人の腕にも左右されるし、そもそも捕まった時点で武器は取り上げられてしまうだろう。

パッと見で武器だと思われない指輪とかに毒針を仕込む方法ならありかもしれないけど、それだと何発も撃てなさそうだしね……

どちらにしろ、ここからは専門家に入ってもらった方がいいな。アル中兄弟の所へ行くか。

「ノルドとベルドの所へ行ってくるよ。容器のこととか、よいアイデアが出るかもしれないしね」

「そうですか。では、私はもう少し圧縮できないかトライしてみます。もっと濃厚な煙になれば容量は抑えられると思うのです」

「うん、じゃあそっちは頼むね」

ひょっとしたら研究好きなマリカに任せておけば上手くいくかもしれない。ある程度の圧縮は期待してもいいだろう。

さて、ドワーフたちにはいくつかお願いごとをしている。今回のお願いは春までに完成すれば十分だから後回しになってもいい。

それよりも、ゴーレム用荷車とかの方が優先だからね。

広場を抜けてケポク族の貯水池のある方角へと進んでいくと、ポツンと一軒家が見えてくる。一般の家屋と比べると少し大きめで、最近では隣に倉庫スペースを造ってあげた。

今のところはガラス瓶の製造が多く、錬金術師たちがガラス瓶を引き取りによく来ている。

家に近づくと、珍しく外で作業中で、金槌を使って荷車の調整をしているところだった。

「二人とも精が出るね。働いているところを見るのは初めてだから、ちょっと感動したよ」

「抜かせ小僧。わしらは最低限の仕事をこなしたうえで酒を飲んでおるのじゃ」

「いや、酒を飲みながら仕事もするな。集中力が増すからのう」

アルコールで集中力が増すわけがない。ただ飲みたいだけだ。それか手の震えを抑えるためだろう。

「それがゴーレム用の荷車だね」

「一応、鉄のスプリングを入れてあるから、多少は揺れを吸収できるはずじゃ」

僕が魔物の骨から錬成した車輪もバッチリはめ込まれていて、もう完成間近といったところ。なかなか仕事の早いアル中兄弟だ。

「そろそろ仕事量が大変なことになってきてるんじゃない。弟子とか雇うつもりはないの？」

ネスト村に来てから、ガラス瓶の製造はもちろん、生活用品から酪農関係の器具、大型の荷車まで造らせている。そろそろ手が回らなくなってきているんじゃないか。

「そのことじゃが、王都にいる仲間に手紙を送っておる。春の移民団に合わせて何名か来てもらうつもりじゃ」

「少なくとも十名ぐらいは来るじゃろ」

「おー、それなら安心だね。これからもいろいろと頼みごとを持ってこられるよ」

「頼みごとか」

「で、今日はどんな話なんじゃ？」

やはり職人だな。頼まれごとには興味がある。春までによい物を完成させてもらおうじゃないか。

◇

冬真っ只中のネスト村。最近食べるのは鍋料理が多く、マジックマッシュルームを使ったキノコ鍋は人気になりつつあるようだ。

辺境の地の民はたくましく、安全に食べられるとわかれば、禁忌《きんき》とされていたキノコ料理にもすぐに手を出した。

とはいえ、僕や疾風の射手が美味しそうにキノコ鍋をつついていたからだけどね。鍋から香る匂いもたまらなかったのだろう。

「キノコってのは初めて食べたが、これはこれで酒に合うもんじゃな」

「おう、こいつは香りがいい。これなら満腹にならずに酒を飲める」

ドワーフ兄弟が食べているのはマジックマッシュルームだけど、鍋ではなく炭火焼にして塩を振っているだけの物。

アル中には、お腹がいっぱいにならずに酒が飲めるので喜ばしい食べ物らしい。ポテチに続き塩が好きな種族だ。

網の上のマジックマッシュルームからは濃厚な汁が溢れ出て、ノルドが塩をパラパラと振る。

確かにそれだけでも美味しそうだ。焼くことで香ばしさはより深まる。僕が食べようと手を伸ばすと、ベルドに横から叩かれた。

「それはわしのキノコじゃ。食べるんなら小僧も自分で焼くんじゃな」

ちっ、ポイズンマッシュルームと差し替えてやろうか。いや、毒耐性ができてるからそのまま食べても平気か。

待てよ。ポイズンは食べたら美味しいのか？

「そうだ、こっちの香りの強いキノコと交換しない？」

「おお、これは見事な香りじゃな。これは絶対美味いぞ」

「小僧、いいのか？」

「いつもお世話になってるからね。これぐらいどうってことないよ」

Aランクポーションも持っているので、何が起こっても大丈夫。見た目は一緒のキノコだし、間違えたで通せる。いや、通してみせる！

「ほれっ、それならこれは食べてもいいぞ」

「うん、ありがとね」

皿に載せられたマジックマッシュルームはスープたっぷりで熱々。しかしそれを口でゆっくりと吸い上げながら、芳醇《ほうじゅん》な香りを鼻で楽しむ。

スープの染み出したキノコは塩で味が引き締まり、コリコリとした食感と相まってたまらない。

うん、最高の一品と言える。

「では、小僧からいただいたキノコを早速焼こうかのう」

「ノルド、大きいからそれは二人で分けるぞ」

「わかっとる。じっくり育てるとしよう」

「どうした小僧？　これはお前にはやらんぞ」

「う、うん、いらないよ。それよりもスリープとポイズンについてだけど、どんな感じになりそうかな？」

「ああ、それなんじゃがな。マントにしようと思っておる。胸元の留め具のところをアクセサリー風に偽装させるんじゃ」

「少し大きめの留め具になるが、それなら武器とは思われんじゃろ。お主の希望通り、地面に叩きつけて煙を出せるように、すぐに取り外し可能にしておる」

そう言ってベルドが持ってきたマントは、漆黒《しっこく》で胸元の留め具をガラスボールで引っかけるようになっている。白いのがスリープで紫色のがポイズンか。

ガラス玉は握りこぶしよりも一回り小さい投げやすいサイズになっていて、これなら容量的にも問題ない。またガラスとはいえ、少し厚めにしてもらったので地面に叩きつけない限り割れる心配もなさそうだ。

「やるねぇ。さすがはノルドとベルドだよ」

「裏地にブラックバッファローの毛皮を使っておるから、こいつは冬用じゃ。春夏用に薄手の生地の物も作る予定じゃから、楽しみにしておくといいわい」

錬金術師の装備って作ってなかったから、みんなも喜ぶかもしれないね。なかなか格好いい感じに仕上がっているんじゃないかな。

「ノルド、そろそろ塩を振った方がよくないかのう？」

「ベルド、そう焦るでない。もう少し汁が滲《にじ》み出てからの方が味が締まるじゃろう」

気づけば、ポイズンマッシュルームから紫がかった汁が溢れてきている。見た目はマジックマッシュルームと同じように見えるが、少し紫色の液体がポツポツと浮かび上がっているのが気になるところ。

「ノルド、何だかキノコのところから変な液体が出てないか？」

しまった、気づかれたか。

「それはね、香りの強いマジックマッシュルームほど出るんだよ。つまり、美味しいキノコだっていう証拠だろうね」

「そうか、そうか。確かにこの匂いは今までで一番の香りじゃ」

「それにしても紫色というのがえぐいのう……」

「まあ、せっかくだし、食べてみなよ」

「……小僧、お主も一口食べてみるか？」

「はっ？　い、いや、僕はいいよ。二人にプレゼントした物だしね」

「怪しいのう」

「何か隠しておるのか？」

「い、いや、隠してないよ。というか、僕は今食べてるマジックマッシュルームでお腹いっぱいだから」

「そもそも紫色の液体が染み出るキノコとかアウトじゃろ」

「香りの強い証拠とかほざいておったな。ほれっ、汁だけでも舐めてみろ」

しまった……ここで僕が食べてみないのは、これがポイズンマッシュルームだと認めてしまうようなもの。

どうすればいい。

い、いくしかないのか。

「あっれー、クロウ様。珍しいとこにいますね。おっ、それはマジックマッシュルームですか。鍋も美味しかったですが、焼きはどうなんですか？」

「あー、ちょうどよかったよ、ネルサス。今、焼き上がったところなんだけど食べてみる？」

「お、おい、小僧」

「ま、待て、これでいいんじゃ、ノルド。ネルサス、食ってもいいが一口じゃぞ」

「えっ、いいんですか？　それじゃあいただきやす。う、うぐあっぁぁ！」

「ど、ど、どうした！　やはり毒じゃったか」

「う、美味いっ！　こりゃ、焼きも最高っすね」

「そ、そうか、美味いか。お前の美味しいの表現クソ紛らわしいからな。なら、わしらにも食わせるんじゃ」

「そうじゃ、これはわしらがもらったキノコじゃからな！」

アル中兄弟も美味しそうに食べている。耐性があれば何の問題もなしということか。ちょっと怖いけど、今度僕も食べてみようかな。マジックマッシュルームよりも美味しそうに見える。

「さっきのより全然美味いぞ！」

「小僧、疑ってすまなかった。これは最高じゃわい」

「私にもお酒もらえますか？」

「おう、飲め飲め」

それにしても、毒キノコ、美味しいのか……

ネルサスに助けられたな。僕はバレないうちに退散するとしよう。

◆

凍えるような寒さが長く続く季節が到来した。キルギス山脈の頂上に君臨する、魔の森の王である我《われ》の好きな季節だ。

あれは、夏から秋に変わる頃だっただろうか。

思い出すだけでも、腹が立つ出来事があった。

少し力をつけた氷狼ごときが、我に牙を向けてきたのだ。

魔物は己の強さを誇示するため、自身の縄張りを広げていくものだ。その影響力は下にだけ向ければよいものを……まさか山頂を目指してくるとはな。

群れもしない氷狼が、相手を見誤ったな。ドラゴンに氷狼が勝てるわけないのだ。

暇潰しにはなったが、我も舐められたものだ。この森にいる者は忘れてしまったのではないか。誰を頂点にしているのかを。

我がキルギス山脈に棲むようになって、おおよそ五百年の歳月が過ぎた。

それまでこの山脈から続く深い森では、王を決める終わりのない不毛な争いが続けられていた。たとえ頂点が決まっても、またすぐに次の魔物がやって来ては頂点が倒されていたのだ。

本来であれば魔物の棲み分けがなされ、必要以上の争いが起きぬようになっていくのが理想であろう。しかしながら、ここでは魔物同士が過度に争い、力をつけた魔物が上へ上へと山頂を目指していく。

そんな愚かしい状況に決着をつけたのが、我だ。

圧倒的な力、逆らうことが馬鹿らしく思えるほどの差をもって、全てを弾き返した。

我が、この魔の森に平穏をもたらしたのだ。

ここは一年中雪が降り積もり、氷の溶けることのない極寒の地。アイスドラゴンが棲む場所として、これ以上にふさわしい所はない。この場所はすぐに気に入ったし、ここで下々の面倒を見るぐらいはやってやろう。そう思ったのだ。

我は、すぐに必要以上の争いを収束させた。

魔の森の王として君臨することで、畏《おそ》れられ、敬《うやま》われ、恐怖の象徴としてあり続けた。

そう、五百年もの間だ。

ところが、あの氷狼はこのままでは森がおかしくなると言った。我がいるせいでこの森は狂ってきたとほざいたのだ。

氷狼は言った。

魔物は戦い続けてこそ、その役割を果たす。縄張りの中でぬくぬくと生き、その数を増やすだけでは森全体に歪《ゆが》みが生まれる。上蓋が閉まったままだとそのうち爆発するのだ、と。

それは魔物にとってよくない。

氷狼は、我が上蓋なのだと言う。

森では多くの魔物が繁栄し、確かに棲むには手狭になってきているかもしれん。群れの数は増え続け、森の中だけで生きていくには確かに厳しいのだろう。

しかしながら、数が増え、溢れることがそんなに悪いことなのか。

人間どもはその数を増やすことで、支配域を増やしているではないか。

だったら、外へ向かえばいいのだ。森から出て人間が支配する場所を奪い、その勢力圏を拡大していけばいいのだ――

そんなことを考えつつ飛んでいたら、少し下に降りすぎてしまったらしい。

そういえば、この辺りは奴が棲息していた縄張りだったな。今では他の魔物にその場所を奪われたはずだが……

久々に山を降りてみると、かつては魔物で溢れ返っていたはずだが、その様子を変えてしまっていた。

魔物の臭《にお》いが少ない。我の知らぬところで、大きな群れ同士の争いでも起きたのか？

むっ、この臭《にお》いは氷狼か……いやしかし、奴はこの我が直々に殺したはず。

しかし紛れもなく、以前この場所を縄張りとしていたラヴィーニファングの臭《にお》いが強く残っている。

まさか、あの傷で奴はまだ生きていたというのか。

この森の状況は、氷狼のせいなのか！

我が森を管理しようとは、驕《おご》るのも甚《はなは》だしい。せっかく増やした下々の魔物たちをここまで減らしたというのか！

許せん！　氷狼の分際でドラゴンに逆らうとは絶対に許せん！

今度こそ、息の根を止めてみせよう。次に会った時がお前の最期《さいご》だ。

◇

バッファロー肉とオーク肉が大量にありすぎて、拡大したばかりの氷室《ひむろ》の倉庫を圧迫している。

食料事情が厳しくなる冬なので、喜ばしいことではあるけど……しばらく肉料理が続いてしまうのはしょうがない。

最初は喜んで食べていたネスト村の方々も、若干食傷気味になっているのは致し方ないことだろう。

こんな時だからこそ、新メニューを考案するべきだ。というのも、昨日の夜に、ドワーフ兄弟から依頼していたフードミンサーとパスタマシーンが完成したと連絡があったのだ。

フードミンサー、それはすなわち挽《ひ》き肉《にく》を量産する器具だ。これで牛肉と豚肉の合挽き肉が簡単に作れる。

パスタマシーンについては名前の通り、生地をローラーで伸ばしながらパスタが作れる物。幅を調整すれば、ラザニア生地も作れる便利な代物だ。

ということで、今回はフードミンサーを使ってハンバーグを作りたいと思う。子供たちから支持の高いハンバーグだ。異世界でもハズレなわけがないだろう。

「それは何をする器具なのよ？」

「また美味しい物を作るんですね！　おっ、肉料理ですか」

僕、クロウが広場で準備をしていると、すぐにローズとネルサスがやって来た。肉の塊があるので、すぐに新作の肉料理だとわかったようだ。

「新作のアイデアが浮かんだからね。調理器具も完成したし、ちょっと試してみようと思ったんだよ」

わざわざ広場でハンバーグを作るのは、この料理を流行らせるため。ローズと遊んでいた子供たちも釣られるように近寄ってくる。

「またクロウ様が料理してるー！」

「ポテチ作るの？　ポテチはやっぱり揚げたてが一番だよね」

「今日はポテチじゃないんだ。お肉料理だよ」

「それで作るのー？」

「そう、これはお肉をミンチにする器具なんだ」

「みんち？」

「まあ、下ごしらえをするから見てるといいよ」

ハンバーグが流行れば、ドワーフ兄弟も調理器具の製造で忙しくなるだろう。とはいえ、春には

仲間のドワーフを呼び寄せてるらしいから、仕事は多いに越したことはない
ネスト村で調理器具の改良を重ね、量産体制に入る準備が整ったら、王都で料理とレシピを伝え、あわせて調理器具の拡販に入る。

がっぽり儲けて、しかもエルドラド領の評価をグッと高めることもできるという考えだ。

「クロウ様。何か手伝うことはありますか？」

「そこの鉄板を持ってきて。あと、火を着ける準備を頼めるかな」

ネルサスは前回ラーメンを食べられなかった経験からなのか、動くのが早い。

一方、ローズは新しい調理器具のフードミンサーに興味津々だ。

「クロウ、何でわざわざ肉の塊をぐちゃぐちゃにしてるの？」

まあ、見た目的には気持ち悪いかもしれない。肉の塊が次々にミンチになって出てくるのだ。動物や魔物の解体を見るのに慣れている子供たちも若干引いている。

「硬い肉だと子供たちは食べづらいでしょ。こうすると柔らかくなって、すぐに噛み切れるからね。それに調理の仕方によっては、肉の旨味を閉じ込めることができるから、美味しさが倍増するんだ」

「何だか楽しそうなのはわかるけど、食材を無駄にしたらダメよ」

ハンバーグを知らないローズからしたら、子供が食材で遊んでいるようにしか見えないのだろう。

ここは正攻法に真正面から味で勝負させてもらおうじゃないか。

バッファロー肉とオーク肉の合挽き肉に、ネスト村産の美味しい野菜を細かくカットして混ぜ合わせ、塩胡椒で味を整える。

あとはパン粉と卵を繋ぎにして、形を整えて焼くだけ。

野菜が美味しい肉汁を吸い込んで、旨味を閉じ込めてくれるはずだ。

「ネルサス、鉄板の準備は大丈夫かな？」

「はい、言われた通りに鉄板に牛脂を塗っておきました」

「よろしい。そんなネルサスには最初に試食する権利を与えよう」

「いよっ！　待ってました！」

量的には、広場に集まった子供たちの分ぐらいは余裕である。遠目で眺めている大人にも行き渡るはず。

鉄板の温度も十分に熱されている。三つぐらい一気に焼いてしまおう。

ジュワ、ジュワー！

肉の焼ける匂いが香ばしい。片面をしっかり焼いて、脂を閉じ込めていく。ハンバーグはいかに中身の脂を逃がさないようにするかが勝負だと勝手に思っている。

そういえば、ひっくり返すフライ返しのような物があってもいいな。今はないからナイフとフォークでやるしかないけど。

裏返しにしたら鉄板に蓋をして蒸らしていく。こうすることで中にも火が通りやすくなり、美味しく仕上がるのだ。

「よしっ、そろそろでき上がりかな。本来ならこれに合うソースと絡めて食べたいところだけど、最初はこのままで食べてみようか」

皿に、ネルサスとローズの分を載せてあげる。

「どうやって食べるのよ。このまま食べればいいの？」

「こうやって、ナイフで一口サイズに切り分けてから、フォークで刺すんだ」

「うおっ、何か、すげー汁が出てきますよ！」

「その汁は甘い脂がたっぷり含まれてるから、肉と絡めて食べると最高だよ」

「柔らかくて、美味しい……えっ、これ本当にお肉なの!?」

うん、初めてにしてはかなりの出来だな。野菜も肉も一級品だからだろうか。これはたまらない。

バンバーガー屋さんを作ったら行列になるぞ……

「クロウ様ぁー！」

「あたちも食べたいー」

「早く、僕のも焼いてー」

「ごめんごめん。すぐに用意するから待っててね」

肉汁を楽しめる小ぶりな試食サイズにしてどんどん焼いていこう。この料理は絶対流行るはず。

さあ、みんなハンバーグの虜《とりこ》になってフードミンサーを買うんだ。

9　魔の森の調査、冬

季節は真冬に突入しており、朝夕の冷え込みは一段と厳しさを増している。

今日は、前回エルダーグリズリーを討伐した地点に調査に向かうことにした。

というわけで、結構深い場所まで行くので早朝の出発となり、僕たちは今、眠い目をこすりながら歩を進めている。

いや、進めているのは、ギガントゴーレムだけどね。

「クロウにしては、珍しく朝が早かったわね」

メンバーは、疾風の射手にローズとディアナ。そして、前回たっぷりマーキングしまくっていたラヴィも連れていく。

「この寒さ、ラヴィから温もりをもらえないとツラいよね。みんなが普通にしているのが、僕には信じられないよ」

僕はラヴィをお腹に抱っこしているので耐えられるが、みんな冬装備とはいえ、冷たい風の影響をモロに受けている。

「普通じゃないわよ。みんな我慢してるの。私にもラヴィを抱っこさせなさいよ」

「えー、帰り道でいいなら検討するけど……」

ラヴィも僕の抱っこで温《あたた》まり、目を瞑って気持ちよさそうに寝ている。鬼のローズもこれをひっぺ返してまで奪おうとはしない。

ラヴィも誰に似たのか、もうすぐ魔の森だというのに、たまに寝言を言うぐらいで僕に体を預けている。

何気にこのメンバーの中ではラヴィが一番強い。魔力を注入しての三十分限定にはなるけど、オークキングを吹き飛ばすぐらいのパワーはあるのだ。

たぶん、単体でAランク級の強さにはローズでも届いていないだろう。

「何よ、殴るわよ」

ちょっと考えごとをしながら、顔を見ただけなのに酷い扱いだ。そんなにラヴィで温まりたいのだろうか。それとも久々に魔の森の奥に向かうから気が立っているのか。

「ヨルド、今のところ森に異変は感じられないんだよね」

「そうですね。ラヴィがマーキングしたエリアは魔物も寄りつかないようで、折り返しの休憩地点として使えそうです」

さすがはAランクの魔物、マーキングしただけで魔物よけになる。しかし魔の森に安全な拠点が置けるとなると、今後の活動についても話が変わってくる。

「そういうことなら、他の場所にもマーキングしてくれると助かるんだけどな。ラヴィがしてくれるかはわからないけど……」

ラヴィとは何となく意思疎通が取れているけど、「この辺りでマーキングをして」とかいう具体的な指示が通じるかは微妙だ。

「まあ、それは可能だったらということで。魔の森の中で休憩ができるだけでもかなり助かるでしょう」

「じゃあ、ここからはギガントを降りていくか……ラヴィ、そろそろ起きないと置いてくよ」

ここからは険しい道を行くことになる。なお、今回もマリカからゴーレムを借りてきている。僕にラヴィを抱えながら進む体力はもちろんない。

「きゃ、きゃう……」

とても眠そうにしている。体の温かさからもまだ睡眠を欲しているのがわかる。

「しょうがない。今回もラヴィはゴーレムの背中で運んであげよう」

惰眠を貪《むさぼ》ることについては協力的でありたい。ゆっくりお布団で微睡《まどろ》みの中を過ごし、昼を迎えるこの上ない幸せは、何度でも体験したいことの一つだ。

前回同様にゴーレムの背中に布を巻きつけて背負わせるスタイルで運んでいく。この手段もラヴィの成長具合からして、そろそろ限界を迎えそうだけど。

「まったく、誰に似たのかしらね。この赤ちゃんは」

間接的に僕を傷つけようとするのはやめてもらいたい。

それにしても、ローズの言う通り、ラヴィはまだ生まれて半年前後。ラヴィーニファング換算だとわからないけど、まだ子供であることは間違いない。

「さて、ここからはローズとディアナが前衛で頼むよ。なるべく戦闘は避ける方向で」

「しょうがないわね。最近だとワイルドファングも群れでないと逃げ出すのよね」

魔物も高レベルの冒険者を相手にすると逃げることがあるのか。いや、群れていないワイルドファングなら、斥候なのかもしれない。

あっちにやべー奴が来たから群れに知らせないと！　的な。

「追いかけちゃダメだよ」

「わかってるわよ」

「ヨルド、オークの状況はどんな感じ？」

「ワイルドファングとブラックバッファローに挟まれながらも、何とか場所を確保した感じですね。かなり数は減ったと思われますが」

「了解。そうだね、増えすぎないように注意しながら、生き残れるように多少は手伝ってあげる方向で」

「オーク肉のハム、最高ですからね。絶滅させてはいけない美味しさですよ！」

ネルサスがうんうんと頷く。今朝、広場で食べたハムエッグサンドを思い出しているらしい。広場には単身者向けのお弁当屋がオープンし、ラリバードサンドやハムエッグサンドが人気となっている。そのうちにハンバーガーも投入される予定だ。セットメニューにして、ポテトとジュースでがっぽり儲けてもらいたい。

ネスト村食文化の成長のためならば、身骨《しんこつ》を砕く構えである。

ちなみにジュースはまだ手つかずなので、そろそろ甘味にも手を出していきたいところだ。甘味はたまに採取できる蜂蜜《はちみつ》ぐらいしかない。もっと大量の砂糖が欲しい。どこかにサトウキビがないものか。

ただこの寒い辺境の地では、たとえ発見しても育つかどうかは微妙かもしれない。

「クロウ、置いてくわよっ」

「ま、待ってよ。もっと、ゆっくり進んでってば」

魔の森は、奥へ進み標高が高くなるにつれ、気温はぐっと下がっていく。遠くから見えたキルギス山脈の山頂付近には雪が積もっていたので、そろそろ雪が見られるだろう。

前回訪れた時と違う点は、魔物が僕たちを警戒しているのを感じられること。オウル兄様やローズが暴れたおかげで、「人間、怖くて強い」というのが浸透しているのかもしれない。狩人チームにとってもありがたいことだ。

まあ、ランクの低い魔物がそんな賢いとは思えないので、前方を歩くローズに何かしらの危険を感じているのが正しいところだろう。

「最近は本当に魔物の数が減ったわね」

「魔物によってですが、寒さで動きが鈍くなっているのもあるかと思います」

「冬に活動が少なくなるなら、それはそれでありがたいかな。他のことに人員を回せるしね」

といっても、冬の間に狩人チームのほとんどが布団作りの内職に回ってしまうというのも、どこか物悲しい。

最近では毛糸が採れるようになったので、編み物も流行ってきている。手先の器用な狩人チームなら、それなりに人気の品物を作りそうな気がしなくもない。

「そろそろブラックバッファローの棲息域に入りますので、お気をつけください」

ブラックバッファローの棲息域を越えると、以前エルダーグリズリーのいた、ラヴィがマーキングしまくった安全地帯ということになる。

「ブラックバッファロー一体ぐらいは狩りたいところだね。ローズは魔物を怯えさせない感じで頼むよ」

「どういうことよ！」

「そういうのが魔物を遠ざけてるんだってば」

「むぅー。それはオウル様にも何度か注意されたかも」

狩りの際、獲物に自分の気配を感じさせては二流以下だ。罠を設置する時も、人の気配を極力消す必要がある。

冒険者も魔物を相手にする以上、気配を察知されない方がいいに決まっている。敵に先手を奪われるだけだからね。

気配を察知したことで、獲物の方から向かってきてくれればいいけど、逃げられては話にならない。

「ローズ様は気配の察知も苦手です。たまに野性の勘で索敵に成功していますが……」

今はローズよりも弱い魔物だからいい。でも、ここから先はそういうわけにはいかないエリアになってくる。

「剣術大会のような対人戦なら問題なくても、魔の森だとあまりいいことではなさそうだね」

「わ、わかってるわよ」

単純に好戦的な性格だから索敵が苦手なのだろう。僕に何か手伝えることがあるなら、助けになってあげたいけど。

「索敵が上手くできるようになるまで、気配を消してみたら？」

「気配を消す？」

魔物に見つからなければ先制攻撃のチャンスは増える。ローズが気配さえ消せれば、ここのメンバーの誰かが先に魔物を見つけられるだろう。

「ローズは獲物を探すぞオーラが出まくってるからね。ディアナの後ろを大人しく歩いてみなよ。何なら今回は、ラヴィを抱っこしている役割だけでいいかな」

「そんなことしてたら危ないじゃない」

「他の人が危険を知らせてくれるから平気だってば。そのうえで、ヨルドやディアナが索敵するのを近くで見て、そこから学んだ方が近道じゃない？」

「そ、そうかな」

僕を抜かせば、このメンバーの中ではヨルドの索敵能力が一番高い。そして次にディアナだ。

本来であれば、前衛ポジションのローズとディアナには索敵能力が求められる。それが難しい場合は、身軽な冒険者を雇うことを考えるけど、そういう人材は現在のネスト村にはいない。

「ほ、ほらっ、ラヴィ起きなさい」

僕の意見を採用したらしいローズは、寝ているラヴィを抱っこするところから始めるようだ。まあ、ラヴィもそろそろ起きてもいい時間だろう。

しかしながら、目を覚ましたラヴィはローズの腕の中からスルスルと抜け出すと、一点を見つめて威嚇を始めたのだった。

「グルゥウウ！　グルゥ」

その方角は、僕たちが目的地としているエルダーグリズリーを討伐した場所。

「ラヴィ、いったいどうしたのよ」

「あの場所に魔物がいるの？」

ラヴィ自身がマーキングしまくった所で、魔物は近寄らないはずなんだが。

ラヴィは少し迷うようにしながら僕のズボンを引っ張って、来た道を戻ろうとする。

僕の鑑定でも、この先にある目的地に何がいるのかはまだわからない。さすがに目で見えない範囲までは鑑定対象にはならない。

よく考えたら、メンバーで索敵能力が一番高いのはラヴィだ。

そのラヴィが警戒している。しかも僕たちを近づかせないように、遠ざけようとしている。

「クロウ様、どういたしましょうか」

ヨルドは特に何も感じていないものの、ラヴィの反応は気になるようだ。

「そうだね。とりあえずゴーレムだけ向かわせてみようかな。危険がなければ向かうし、何か問題があれば撤退しよう」

「それが一番ですね。では、私たちはこの周辺の安全確認をしておきます」

「うん、よろしくね。じゃあ、僕はゴーレムを動かそうか」

僕はその場に留まり、ゴーレムをスピード重視で目的地へ走らせる。

何頭かのエルダーグリズリーがゴーレムに襲いかかってきたが、スピードで勝るゴーレムについてくることはできない。

というか、ゴーレムが向かっていく方向に怯えているようで、追ってこようとはしなかった。

やはり、何かいるってことなのかもしれない。

ゴーレムは山を駆け上がり、飛ぶように走っていく。

地面には雪が積もっており、これはとても僕が登れる道ではないかな。

調査目的なら、最初からゴーレムだけに行かせればよかったんじゃないだろうか。ゴーレムでも、少しぐらいならバッファロー肉やグリズリー肉も持って帰れるだろうし。

いや、ダメか。ここまでの遠隔操作になると、マリカでも無理だ。そうなると、僕だけが働く感じになってしまうのでよくない。この案は却下しよう。


「さて、そろそろ現場に到着かなっ……と」

ジャンプ一番、ゴーレムが着地した場所、そこは間違いなく前回エルダーグリズリーを倒した地点だった。

少し開けていて一面の銀世界となっている。

基本的には以前と同じ光景だが、一つ違う点があるとするならば——木々をなぎ倒し鎮座《ちんざ》するドラゴンがいること。

綺麗に輝くアイスブルーの鱗《うろこ》は見るからに硬そうで、その一枚一枚に魔力をたっぷりと包有しているのがゴーレム越しでもよくわかる。

尾が長く、棘をこれでもかと貼りつけた様《さま》は禍々《まがまが》しい。ゴーレム程度なら、その尾の攻撃を受けただけで簡単に潰されてしまうだろう。

『ほう、こんな場所にゴーレムだと。お前を操っているのは何者だ？』

そんなことを言われても、ゴーレムに会話機能はない。

というか、ドラゴンが人間の言葉を喋《しゃべ》れるとは知らなかった。

『お前は何をしにこの森に入ってきた。近くにいるのはお前の主の反応か？　そこへ行った方が早いか』

ヤバい、僕たちのことはすでに察知されている。今のうちに少しでも逃げないと。ゴーレムではたいした時間稼ぎもできない。

僕は意識をゴーレムから外し、みんなに声を掛ける。

「ローズ、ヨルド！　目的地にドラゴンがいた。僕たちのいるこの場所も、すでに把握されている」

「ドラゴンですって⁉」

「ど、ど、どうしますか」

「逃げて。とにかくギガントのいる場所まで全速力で。僕はゴーレムで、なるべく時間稼ぎを試みるから」

僕はみんなと一緒に逃げながら、ドラゴンと会話を試みようと思う。ゴーレムは喋れはしないけど、地面に文字を書けば少しぐらいの会話はできるはず。雪が積もっていてよかったよ。

とりあえず、はぐれのゴーレムということでやり過ごそう。

そこにいる人間のことは知りません……と。

『……ほう、人間のことは知らないと。なら、我が殺してしまっても関係ないのだな』

すみません。やっぱり知っている人かもしれません……と。

『お前たちに少し聞きたいことがある。全員でここまで来い。すぐに来れば殺さないでやるかもしれぬ』

来ても殺される可能性があるという理不尽さは、流行りのドラゴンジョークなのだろうか。

僕はゴーレムを操作し、地面に文字を書く。

この山道は雪も積もっていて険しいので、森の端まで降りてきてもらえませんか？　その方がゆっくり話できます……と。

『矮小《わいしょう》な者が相手なら、それもしょうがないか……よい、我がそちらに向かってやろう。その代わり妙な動きをするようなら、わかっているだろうな？』

とりあえず、ドラゴン自ら山を下りてきてくれることになった。

追いかけられて殺されるぐらいなら……少しでも時間をもらって、何とかギガントゴーレムまでたどり着こう。

ドラゴンが、ギガントでどうにかなるレベルなのかは何とも言えない。だが、それでもうちの最高戦力が近くにいるのといないのとでは、生存率がかなり違ってくる。

早速、ゴーレムで歩き出そうとすると——

『どこへ行く。お前は一応人質のようなものだからな。一緒に森の端まで連れていってやろう』

急に視界が真っ暗になった。

どうやらドラゴンに咥《くわ》えられしまったようで、身動きが一切取れなくなってしまった。マリカから借りたこのゴーレムは、ドラゴンの口の臭《にお》いが染みついてしまったに違いない。

ドラゴンは翼を広げると、二度三度と羽ばたき、重力に逆らい浮遊する。

降り積もった雪がその羽ばたきで舞い上がり、激しい粉雪のようになって視界を塞いでいることだろう。暗くて見えないけど……

聞こえてくるメキメキという音は、その暴風によって細い木々が折れた音に違いない。暗くて見えないけど……

少し動くだけで理不尽な暴力だ。

僕は一息つき、ゴーレムから意識をそらして声を掛ける。

「ヨルド、そこまで急がなくてもよくなった。いや、あまり待たせてもまずいかもしれないけど」

「そ、それは、どういうことでしょう?」

「あー、えっとね。ドラゴンさんと森の入口で合流することになりました」

すると、みんなが騒ぎ出す。

「はああ?」

「嘘だぁー！」

「死ぬ、死ぬ、死ぬ」

「合流ですって⁉」

僕は宥《なだ》めるように言う。

「逃げるのは諦めよう。最悪のケースの対策としてギガントゴーレムで多少時間稼ぎはしてみるけど、あとは各自、自分の命を大切に行動する感じで」

「そ、そんなぁー」

「クロウ様、ギガントゴーレムでも無理ですか？」

「たぶんそういうレベルじゃないね。ちなみにゴーレムは、一瞬でドラゴンの口の中に閉じ込められてしまったよ」

「ひぃー」

スピードが違いすぎる。耐久性の高いギガントゴーレムでも、あっという間に行動不能にさせられそうだ。

ローズが尋ねてくる。

「それで、どんなドラゴンなのかしら？」

「たぶん、アイスドラゴンじゃないかな。見えたらすぐに鑑定してみるよ。何か弱点でもあればいいんだけど」

弱点があったとしても、身体能力だけで全部カバーしてしまいそうだけどね。

「きゃ、きゃうぅー」

ラヴィが震えている。ひょっとしてあのラヴィーニファングはドラゴンに殺《や》られたのかもしれないね。

さて、ドラゴンは僕に何を聞きたいのだろうか。

◇

魔の森の入口には、大きなギガントゴーレムと、それよりも更に大きなブルーのドラゴンが待っていた。

鑑定結果はこの通り。


【アイスドラゴン】

七百五十歳。

魔の森の頂点に立つSランク級のドラゴン。凶暴な性格で人の言葉を理解するほど賢い。

水や氷を好み、弱点は火属性と言われている。

火属性、僕が一番苦手なやつだってば……

『遅すぎる。我をどれだけ待たせるつもりなのだ。暇だったから、この小さいゴーレムの魔力はもらっておいたぞ』

口の中でキャンディよろしく転がされていたゴーレムが、べっちょりとした唾液とともに地面に吐き出された。

もちろん、ゴーレムの魔力はゼロになっている。

「すみません。人間、小さくてノロマなんです」

『場所をここに選んだのは、この大きなゴーレムがいるからか？』

「いえ、こっちの方角に僕たちが暮らす小さな村があるからです。歯向かうつもりはまったくありません」

何事もなかったかのように僕はゴーレムに魔力を供給しつつ、ディアナに視線を送る。ディアナはわかっているとばかりに強く頷く。

ここまで走りながら、ディアナにある指示をしておいた。

ゴーレムにローズを乗せて逃がすからそのフォローを頼むと。

そのままローズに話をしても聞いてもらえそうにないので、多少強引にゴーレムで攫ってユーグリット川を目指し飛び込ませよう。上手く流されれば領都を目指せるし、運がよければ川リザードマンが見つけてくれる可能性もある。

ゴーレムはドラゴンの唾液まみれでかなり臭《にお》いそうだけど、川まで我慢してくれ。ローズは領民ではないし、あれでも隣領のお姫様なので優先して助けてあげたい。

ドラゴンの声が重々しく響き渡る。

『お前には、いろいろと聞きたいことがあるのだが。まず、お前が抱えているのはラヴィーニファングか？』

「そうですね。僕の住む村で一緒に暮らしています」

『そのラヴィーニファングは、我に歯向かった愚かな個体の生まれ変わりだ。そいつを今すぐ我に渡せ』

いきなり来たか。ここでプレッシャーに呑まれてはいけない。

「すみません。渡せと言われても、ラヴィはもう僕が飼っているので勘弁してもらえませんか。もちろん二度と歯向かわないようにしつけます。それよりもです、何か聞きたいことがあったのでは……？」

『ラヴィーニファングを飼ってるだと？　子供の割に随分と豪気《ごうき》ではないか。森の状況が変わったことについて聞きたい。お前が知っていることは包み隠さず全て話せ』

「森の状況ですか」

『この森は魔物の数が増え、森から溢れんばかりの状況だったはず。誰がここまで魔物を減らしたか知ってるか？』

「森から魔物が減ったのは魔物間での争いが激化したことが要因でしょう。増えすぎた魔物は群れとなり、種族間でぶつかっていました」

　ここでギガントゴーレムでブラックバッファローを倒したとか、絶対に言わない。そんなこと話したら怒られそうだからね。

『なるほど。氷狼の話していたことは本当であったか。そうなると、まだこの状況は解決に至っているとは言えないのか……』

　ラヴィの親はドラゴンに向かってこの場所から離れろと喧嘩《けんか》を吹っかけたのだという。

　理由は、魔の森の異変。

　この森は、激しい食物連鎖の上に成り立っていた。トップは数年おきに入れ替わり、倒され、空いた棲息域を争うように下から魔物が力をつけながら上がってきて、また滅ぼされる。その繰り返しが微妙なバランスを保っていた。

　ところが、五百年前にこのドラゴンが棲むようになって状況が変わってしまった。上が退かないから、下の魔物が上がってこられない。すると、いつしか魔物は数を増やし、広大な魔の森でも足りないほどの群れを形成するようになってしまった。

　この森の底辺であるラリバードやワイルドファングの大量発生は、すでに最終段階にあったのだろう。

　森から魔物が溢れ、弱いものから順に森から追い出される。

エルドラド領全体でも相当な被害をもたらす災害になっていたのかもしれない。

『森から出たことでようやく理解した。森から離れるにつれ、魔力が少なくなるのだな。魔物が森から出たがらないはずだ』

「魔物もいろいろと大変なんですね。では、僕たちはここらで失礼させていただきます」

『話は終わっておらん。そんなに殺されたいのか？』

「い、いえ、冗談です。それで、他に聞きたいことは何でしょう？」

『お前たちは、なぜあんな場所まで入ってきたのだ？』

「森に異変が起きているのは僕たちも知っていました。近くに住む者として、定期的に調査をしてました。僕たちの住む村に影響が出ないかをチェックしていたのです」

話の流れ的にはこれで問題ないはず。実際、調査というのも本当のことなのだから。

するとドラゴンは何か考えるようにしながら、ギガントゴーレムを見た。

『その大きなゴーレムの主もお前か？』

「はい、そうです。見た目は大きいですけど、全然強くないですからね。あと、僕以外の者は村に戻らせてもいいですか？」

『却下だ。少し考えが変わった。お前、そのゴーレムを使って我と戦ってみろ』

「へっ？」

どうしよう、ドラゴンさんの考えがさっぱりわからない。他種族の言葉やゴーレムのことまで知っているほど知識の高い生物だ。とはいえ、カッとなってラヴィの親を殺すぐらいの荒《あら》くれ者でもある。

何か一つでもミスれば、命を落とすのは簡単に思える。

といっても、僕にドラゴンの言うことを断れるわけがない。

つまり、戦うしかないのだ。

ギガントゴーレムの魔力はほぼ満タン。現有戦力の中では、一番の強さを誇るのは間違いない。

それでも、ドラゴンとは圧倒的に力の差があることを肌で感じてしまっている。

この戦いに何の意味があるのか。善戦したら命は助けてもらえるのか。それとも危険だと思われて、あっさり殺されてしまうのか。

スピードもパワーも魔力も格段に上。

勝てるイメージがまったくない。

『先手は譲ってやろう。掛かってこい』

先手を取られたら、一撃で戦闘不能に陥る可能性がある。向こうから戦うと言っているのだから、それぐらいはサービスしてくれるということなのだろう。

10　アイスドラゴンとの戦い

「では、ゴーレムを起動させます」

初手はこちらから。ドラゴンはそのゴーレムを使って戦ってみせろと言った。その言葉を考えると、僕自身が戦ってもだめではない気がする。

いや、きっと大丈夫。

ギガントと上手く連携し、先制攻撃から何もさせず、一気にねじ伏せる。勝つならこの方法しかない。

ドラゴンはギガントゴーレムに注意を払っていても、僕の錬金術は知らない。

下手に知恵がある分、油断してしまい、僕の錬金術スキルの変則技に戸惑う可能性はある。というか、僕のことは土属性の魔法使いとでも思っているんだろう。

しかし、そうまでして戦って負けてしまった場合、それは僕たちの全滅を意味することになる。

だって、ドラゴンも怒るだろう。たかが人間相手に遊んでやろうと思ったら、ルールの隙をついて本気で倒しにきたのだ。僕だったら間違いなくパクッと食べちゃうね。

しかしながら、ここで適当に戦ってあっさり負けるのは余計だめだろう。むしろ、やっぱり人間弱い、パクッと食べちゃおう。で、終了すること待ったなし。

ということで、みんな。倒せなかったらごめん。僕は、このチャンスを最大限に活かしてみたいと思います。

ディアナ、ローズのことは頼むよ。

疾風の射手の三人には申し訳ないけど、ここは勝負させてもらう。

「ローズ、ラヴィをよろしく」

震えているラヴィをローズに預ける。これが最後の抱っこになるかもしれない。

「え、ええ」

みんなには距離を取ってもらい、ギガントゴーレムを立ち上がらせる。

ディアナはローズをユーグリット川の方面に誘導するように移動している。

「では、いきます！」

ギガントゴーレムを全速力で走らせる。

一歩進むごとにスピードは加速し、ドラゴンに到達する頃には最高速度に達するはず。

この最強の一撃を、最高の状況でぶつける。

おそらく、ドラゴンはこの一撃を避けずに受ける。受けきったうえで、それを超える一撃でもってギガントを粉砕するつもりなのだろう。

それならばこのチャンスを僕は逃さない！

「ギガント、スマッシュだ！」

スピードを活かしながらギガントの重量をパンチに乗せるには、これが最もパフォーマンスがいい。左腕を後方に捻り、地面すれすれからの上昇軌道で一気に打ち上げる。

「錬成、土壁！」

「錬成、メガトン空気砲！」

ドラゴンの真後ろを、巨大な土壁で隙間なく囲っていき、すぐさま上からの空気砲を当て、ドラゴンの体勢を崩す。

よろめいたタイミングを逃さない。ドラゴンの目の前には、渾身の左スマッシュが迫っている。

狙い澄ましたパンチは、ドラゴンの顎を完璧にとらえている。

「そこから、ねじ込めぇー！」

ギガントはタックルしながら、ドラゴンを土壁との間に挟み、ラッシュを展開していく。

ドラゴンの目が白くなっている。意識が飛んでいるのか⁉

『これで終わりか？』

いや、瞑想《めいそう》しながらノーガードで受けきってしまった。とんでもない防御力だ。

しかし、これで終わりではない。

「まだまだ！　錬成、土壁！」

ドラゴンの周囲を土壁で覆ったところで、ギガントゴーレムをドラゴンへ向かって大きくダイブさせる。

「錬成、等価交換。岩石！」

錬金術の基本は、等価交換だ。

金と銀が等価になる比率が一対十五の場合、一キロの金を錬成するのに十五キロの銀が必要となる。

では、希少な最高純度の大きな紅魔石《こうませき》を、岩に「変成《へんせい》」したらどうなるのか。紅魔石と岩の交換比率はわからないけど、とんでもない大きさの岩石となるに違いない。ちなみに変成というのは、物質そのものに変化を与えて、まったく別の物に変えるという錬金術の技術だ。

「全員退避！　この場から離れて」

ギガントゴーレムの元になっていた紅魔石は、空中でドラゴンの倍以上の巨大な岩石となって、落下していく。

土壁に押し込まれたドラゴンに避けることはできない。まるで隕石でも落ちたかのような凄《すさ》まじい轟音《ごうおん》が鳴り響く。

これだけのインパクトであれば、ダメージは通っているはず。

しばらくは動けないだろうし、もう一押しだ！

「ど、どこに行くのよ！」

「今のうちにポイズンを投げ込んでおく！」

この場に錬金術師がいれば全てのポイズンを投げ入れていたはずだけど、残念ながら僕しかいない。

土壁の中に、紫色の煙がモクモクと広がっていく。

ヨルドが尋ねてくる。

「やったんですか」

「これでダメなら無理だろう」

「私に追加攻撃できる魔法があればよいのですが、ドラゴンに通る攻撃魔法はありません」

◆

やはり、この少年がゴーレムを動かしていたのか。人にしては異常な魔力を持っていると思ったが、これだけの魔力があるならば面白いかもしれぬ。

それにしても、この大きさは神話級のゴーレムなのではないか。

『その大きなゴーレムの主もお前か？』

「はい、そうです。見た目は大きいですけど、全然強くないですからね。あと、僕以外の者は村に戻らせてもいいですか？」

『却下だ。少し考えが変わった。お前、そのゴーレムを使って我と戦ってみろ』

氷狼が言ったように、このまま我が森に居座るのはよくないのだろう。この森と山は居心地のよい龍脈《りゅうみゃく》が流れており、魔物にとって棲みやすい場所だ。だからこそ、多くの魔物が集まる。魔物にとってここは天国のようなものなのだ。

しかしながら、それは人間にとっても同じ。森に生息する多様な植物、地下に眠る資源、綺麗な地下水、そして魔物の肉やその素材が採れる。

そろそろ準備ができたようだな。

「では、いきます！」

大きなゴーレムをスムーズに動かし、こちらへ向かって走らせてくる。その動きにはゴーレムらしいぎこちなさはこれっぽっちもなく、まるで本当に生きているかのように見える。

どのぐらいのパワーを秘めているのか。受け止めてみせよう。

その時だった。我の後ろに魔力が発生すると、土の壁となって立ち上がった。まさか、あの大きなゴーレムを操りながら土魔法を放ったというのか⁉

ふんっ。我が逃げるとでも思ったのか。そんな物がなくても逃げはせ……がふっ⁉

今度は頭上から我の頭を押さえ込むように風の塊が落とされる。土の壁の魔法に紛れていたため反応に遅れてしまった。

そのタイミングを計っていたかのように、逃さないようにしてゴーレムの左拳が我の下顎を貫いていく。そのパンチは横回転も加えられた見事な一撃だった。

そうか、後ろの土壁はこの一撃の威力を最大限に高めるためだったか……

『ごふっ……』

久し振りに感じる痛み。わざと攻撃を受けてやったとはいえ、我にダメージを与えるとは予想外だった。しかしながら、次は我の番。想定外の攻撃ではあったが、そこまでダメージは受けてはいない。

顔を上げ、ゴーレムの位置を確認しようとするが、少年はすでに目の前にはいない。

『ぬっ、どこにいる』

「まだまだ！　錬成、土壁！」

気づいた時には遅かった。ゴーレムだった物が、我が頭上に存在している。

それは大きな岩石となり、我、目掛けて落とされる。

無情にも逃げ道は塞がれている。この少年、いったい何手先まで考えて攻撃を繰り出していたのだ。

『ちっ！　魔力がないから反応に遅れたか』

ゴーレムが巨大な岩石となったことで、魔力が消失していた。見失ったのはそのせいだ。この攻撃、先ほどまでのものとは段違いの威力。

耐えられるか。

超重量級の一撃が、我が体を圧し潰す勢いで叩きつけられる。

先ほどのダメージは残っていなかったと思っていたが、軽く脳を揺らされていたらしい。まだ思った通りに体が動かせない。

『むっ、こ、これは毒か！　こ、小僧、先手を譲っただけでここまで徹底的にやってくるのか』

巨大な岩石に圧迫され、体から血が噴き出す。そこから毒が我が体内へと侵入していく。解毒するにしても、まずはこの押さえつける岩石から脱出しなければならない。

まさか、我がここまで一方的にやられることになるとはな。人間というものを舐めていた。

そうか、人間がその数を増やし勢力を広げていったのは、このような知恵があったからなのだな……

ただ強ければいい、ただ数を増やせばいい。そんなことしか考えてこなかった魔物に勝ち目がないはずだ。

いや、あの氷狼は唯一その本質に近づこうとしていたのかもしれぬな。

よかろう、今度は我が力を見せる番だ。

知恵などで何とかできるレベルではない、圧倒的な暴力というものを教えてやろう。

『ヘイルストーム』

全てを氷で凍てつかせる魔法。これで土の壁も岩石も全てが凍りつく。

『グレイシャルイロージョン』

全ての氷を食らい尽くす最大の氷竜魔法。覆いかぶさる巨大な岩石も我を覆う土の壁も全てが消え去る。

さあ、小僧。まだ策はあるのだろうな？

◇

このドラゴン、僕の先制攻撃を全て受けきってしまった。

アイスドラゴンの魔法で周辺全てが凍りつき、続けて放たれた豪快な魔法で全てが吹き飛んでいった。

ホーク兄様からいただいた紅魔石を引き換えにした捨て身の必殺技だったというのに、ほとんどダメージすら受けてない気がする……

崩れた氷からは、何だか楽しそうな顔のドラゴンが現れた。いや、ドラゴンだから表情とかよくわからないんだけどさ。

というか、もうダメだな。あとは時間を稼ぐぐらいしかできない。そもそも時間稼ぐ意味があるのか……

「ゴーレム、ローズを攫って逃げろ！」

「ちょっ、はあ？　えっ、どういう……」

意味がわからないといった顔をするローズ。そんな彼女を無理やり抱え、猛スピードでユーグリット川を目指すゴーレム。

ベチョベチョのゴーレムですまん、ローズよ。

すぐにディアナも反応して追いかけていった。あとは任せたよ。

さて。

「ラヴィに魔力を渡す！」

「き、きゃう」

本当なら「逃げて」と言いたいところではあるけど、せめてローズが見えなくなるまでは一緒に頑張ろう。

あと、僕も可能性があるなら生き残りたいんだ。

ラヴィもあれを相手に戦いたくはないだろうけど頼むね。

「クロウ様！」

「疾風の射手との契約は今この時をもって破棄する。とにかく逃げるんだ！」

「し、しかし！」

「ヨルド、ダメだ。相手が悪い」

「そ、そうだ、ドラゴンは無理だって」

ヨルドが最後まで渋っていたが、ここで時間を掛けても意味がないのがわかったのだろう。

「す、すみません」

これでいい。三人は馬に跨りネスト村の方角へ走っていった。せめて、村にこのことを伝えてもらえたのなら、何人かは助かるかもしれない。

改めて情報を整理しよう。

ギガントゴーレムは紅魔石を岩石に変成してしまったので、もう元通りには戻らない。

変成は一度行ったら、元に戻すことはできない。ちなみに、価値の低い物質から高価な物質を変成することも難しい。つまり、そこら辺の土をいくら集めても紅魔石は変成できないし、ギガントは復活しない。

そうなると、残された戦力は大人ラヴィ。

しかし三十分限定のAランク。しかも、親はひと噛みで戦闘不能にさせられている。

その記憶はきっとラヴィにも残っているのだろう。さっきから震えが止まらないものね。僕の指示を聞かずに逃げないだけありがたい。

アイスドラゴンは自らが凍らせた瓦礫《がれき》を退けるようにして出てくるが、一瞬フラッと体が揺れたように見えた。

「ん？　まさか、毒が効いてるのか」

よく見ると傷がところどころにあり、血が噴き出している箇所がある。そこから毒が体内に入っていったことで影響が出ているのかもしれない。

『小僧、次はいったい何を見せてくれる？』

このドラゴンさん、戦闘ハイになっているな。まるで、ブラックバッファローを前にして我慢できずに飛び出していったローズのようだ。

「ラヴィ、無理に攻撃しなくていい。掻き回してくれ」

「がうっ！」

時間を稼ぎたい。みんなを逃がすために。それから、毒が体中を侵食していくまでの時間を。

倒さないと全滅する。すぐにネスト村も見つかっちゃうだろうし、バーズガーデンにいる父上だって危険だ。

マジックポーションがあるから、魔力は全開で使える。

攻撃するなら、頭、それから心臓。ただ、あの鱗が邪魔すぎる。どんな攻撃も魔法も防いでしまいそうだ。

待てよ、ドラゴンなら逆鱗《げきりん》があるはず！

逆さ鱗はドラゴンの弱点とされている。それは僕の前世における空想の話だから、本当にあるかはわからない。

あと、話だと逆鱗に触れると怒り狂ったドラゴンに殺されるんだっけ……どちらにしても殺されそうだし、嫌がらせをしてからでもいいか。

場所は確か、喉元の下あたり。

首の下から逆さに刺さる鱗を探していくと、確かにそれはあった。

逆さに刺さった鱗。狙いはあそこだ。

一瞬でいい。

アイスドラゴンから隙を作り出す。

「錬成、アイスニードル！」

目の前にある素材は何でも使わせてもらう。錬金術によって生まれた氷の槍が、アイスドラゴンを下から突き刺さんと狙っていく。

しかしながら、アイスドラゴンは両翼でなぎ払うように氷の槍を砕いていく。

まるで効き目なし。

「錬成、アイスフィールド！」

氷に包まれたアイスドラゴンを、氷で身動き取れないようにとの狙いは、尻尾を一振りされるだけであっさり砕け散る。

それに合わせて狙いを定めていたラヴィの攻撃も、アイスドラゴンが首を払うだけで吹き飛ばされてしまう。

「グルるっ……」

もう攻撃を受けるだけではなさそうなアイスドラゴンは、一歩前へと僕に向かって距離を詰めてくる。

「錬成、グランドニードル！」

絶対効果ないけど、とにかく攻撃を続ける。

『さすがにもう策は尽きたか。それなりに楽しめた。もう覚悟はできているか？』

「錬成、メガトン空気砲！」

何も考えさせないように頭だけを狙う。ダメージはゼロでも嫌がらせにはなっているはず。

あと、一歩。もう一歩踏み出せ。

踏み出してみろ！

『ほう、この下に何か罠でも仕掛けたか？』

そう、錬成で大きな落とし穴を作ったのだ。それはもう目の前だが、あからさまだったか、気づかれてしまった……

でも、たった一歩なら強引に落とすまで。

「錬成、サンドストーム！」

視線は遮《さえぎ》られ、砂嵐による暴風で音も聞こえない。

後ろから迫ってくるラヴィ捨て身のタックルをかわすことはできない。

「錬成、トラップフォール！」

ギリギリだったけど、何とか決まった。アイスドラゴンを深さ百メートルの落とし穴に落とせたのだった。

今の攻撃に全魔力を費やしてしまったラヴィは元の小さい姿に戻ってしまっている。よく頑張ったラヴィ。

「上がってこられないように、錬成、メガトン空気砲！」

魔力が半分ぐらいになるまでメガトン空気砲を撃ちまくると、マントに付いているもう一つのガラスボールを投げ込む。

白い煙のボールはスリープ。毒が効くならスリープだって多少は効果があるかもしれない。

僕はデトキシ草を口に咥《くわ》えると、自ら造った落とし穴に飛び込んだ。

狙いは逆鱗。落とし穴の底で眠っているアイスドラゴンに、至近距離から極太のアースニードルを突き刺すのだ。

突き刺さるよね？

弱点なら可能性は高い。

ダメだったら？

どちらにしてもこれでダメならもう僕には手がない。やるしかないんだ。攻撃が通らなかったらせめて、そっと埋めてしまおうか。

落ちること数秒。すぐに下が見えてくる。メガトン空気砲を下に撃ち込みながら落下スピードを緩やかにして、無事に降り立つことに成功。

見えてきたのは横たわるアイスドラゴン。よかった、無事スリープが効いている。ダメ元とはいえ、チャレンジしてみるものだな……

横たわるアイスドラゴンを見上げると、逆さに刺さっている鱗が見えている。

「ローズの方も何とか川にたどり着けたか」

僕が遠隔操作しているゴーレムは、暴れるローズを押さえながらユーグリット川にダイブしていた。追いかけるようにして、ディアナも川へ飛び込む。ここから先はディアナに任せておけば大丈夫か。

僕は最後の回復ポーションを一気に飲み干すと、集中力を高めていく。

「全部ありったけの魔力を変換して錬成する。これが通らなかったら諦める」

スーッと深呼吸をすると、練り上げた魔力を一気に錬成していく。

「錬成、アースニードル！」

僕の足元から逆鱗目指して、極太のアースニードルが伸びていく。先端はドリル状にして硬度は今できる最強のもの。

いつも出しているアースニードルとはまったく別物の、完全に一点突破の究極アースニードル。これで倒せないのならすぐに埋めて逃げる。

しかしながら、アースニードルは逆鱗に触れるかどうかギリギリのところで止まった。止まってしまった。

正確に言うと、アイスドラゴンの爪であっさりと砕かれてしまったのだ。

『なるほど、これが今出せる小僧の限界ということか』

「お、起きてましたか。寝ているものとばかり思っていたのですが……」

『寝ている者に容赦なく、しかも我の逆鱗一点に狙いを絞って最強の魔法で攻撃をしてくるとはいい度胸だな』

終わったな……

アイスドラゴンはいつの間にか回復したようで、皮膚から出ていた血も怪我も全て治っていて毒もスリープも効いていない。

バシンッ!

アイスドラゴンの禍々しい尻尾が僕のお腹をムチのように叩きつけ、僕は壁に激しく衝突する。に、逃げないと。

たぶん、今の一撃で僕の内臓はとんでもないことになっている。すぐに回復ポーションを取り出すも、アイスドラゴンの爪が僕の首を絞めるように壁にめり込ませてくる。

「ゴファッ……」

血を吐いた先には、アイスドラゴンの大きな眼がある。

縦に長く細い真紅《しんく》の瞳孔《どうこう》。捕食者の眼だ。

「きゃう!　きゃうっ!　きゃう!」

『五月蝿《うるさ》い、お前から殺されたいのか』

いつの間に落とし穴に飛び込んできたのか、小さなラヴィが僕を吹き飛ばしたドラゴンの尻尾に噛みついている。

『退《の》けっ』

落ちてくる中で怪我でもしたのだろう。ところどころに血が滲んでいて、足もきっと折れている。

「きゃいん、きゃ……う……」

尻尾ごと叩きつけられ、ラヴィは動かなくなってしまった。

どうすることもできなかった。僕のせいだ。せめて、落とし穴に入る前に逃げろと一言言ってあげていれば……

「ば、離せっ！」

血を吐きながら、叫ぶ。

「がぁ、離せよっ！」

目の前にある空気を全て消す。魔力で錬成して、目の前の空気を全て消す！

目の前の空気を全て消す。

目の前の空気を全て消す。

目の前の空気を全て消す。

目の前の空気を全て消す。

『小僧、な、何をしたっ！　ま、まさか、息ができぬだと……そんなことをしたら、そこの氷狼も、お主まで死ぬであろうが……ちっ！』

そう言うとアイスドラゴンは僕とラヴィを咥《くわ》えて、落とし穴を器用に駆け上がっていく。

何でドラゴンがそんな行動を取るのかわからず、ただ僕の頭は朦朧《もうろう》としていて完全に敗北したのだということだけは理解し、体からは力が抜けていき意識を手放した。

◇

僕が目を覚ましたのはその日の夜で、マイホームのベッドの脇には、ポーション瓶を握りしめて泣きそうな顔をしているマリカと僕の手を握っているセバス。

そして、扉の近くでは髪がずぶ濡れになったままのローズが頭からタオルをかぶり、ものすごい目つきで睨んでいた。

「……こ、ここは地獄なのかな」

「どういう意味かしら？」

「クロウお坊ちゃま！」

「クロウ様！　お体は大丈夫ですか」

「あー、うん。大丈夫。Aランクポーションを使ったんだね」

「あのドラゴンが回復はしたから大丈夫とか言っていたのですが、信用できなかったので秒で使う判断をしました。今はリーダーのジミーも村にいませんからね。私がリーダー代理です」

ドラゴンが僕を回復してくれた？

「セバス、どういうこと？　僕はドラゴンにやられて……ラヴィは？　疾風の射手は？」

「全員無事でございます。それから大変言いにくいのですが、ネス湖にドラゴンが棲み着いてしまいました」

棲み着いただと⁉　やはりネス湖、名前がよくなかったのかもしれない。大型種が棲むことのないように中央を浅くしておいたというのに……

「ちょっと何を言ってるのかよくわからないんだけど。どういうことかな？」

「クロウお坊ちゃまが目覚めたら呼ぶようにと言われています。何やら話があるようなのです」

ついさっき殺し合いをしたばかりだというのに、まだ戦い足りないのだろうか。勘弁してもらいたい。

「わかった。すぐに向かおう。村の人たちも近くにドラゴンがいたら恐怖だろうからね」

僕が出ようとすると、ローズが邪魔するように話してくる。

「クロウ、あとで話があるわ。ドラゴンとの話が終わったらすぐに私の家に来なさい。それから、ディアナはずっと正座させているからなるべく早く来てあげなさい」

ローズ、それはディアナにはご褒美かもしれないんだ。たぶん、少しぐらい遅れても大丈夫だろう。

「は、はい。なるべく急ぎます」

ドラゴンとの話が終わったら、次はローズが待ち構えているのか。今日は本当に最悪の日かもしれない。死にそうになるし、ドラゴンが何を考えているかわからないし、ローズには殴られそうだし。


マイホームを出て、広場に出る。

ネスト村の人々の向けてくる安堵した表情が心地よい。何となくみんなから愛されているというのがわかって嬉しい。みんなに心配を掛けてしまった。

しかしながら視線を少し上へと向けると、ネス湖の方角には大型のドラゴンが見える。

目的はいったい何なのか。

ドラゴンも僕が近づいているのがわかったのか、恐い顔をこちらに向けてくる。小さい子供が泣いちゃうから、こっち向かないでくれるかな。

村の人たちも心配している。どんな話か知らないけど、全て断る方向でいきたい。せっかく安心して住めるようになったのに、近くにドラゴンがいるとか毎日が恐怖だよ。

そうしてドラゴンと対面する。

『ようやくお目覚めか。魔力は化け物級だったが、やはり所詮は人間、体はとても脆弱なのだな』

化け物に化け物呼ばわりされるとは心外だ。

確かに、魔力量は人よりも多いのかなーと思い始めているけど、僕を虫のように殺そうとした化け物ドラゴンにそんなことを言われたくはない。

「それで、何か話があるんだって？」

『しばらくここに棲むことにした。小僧は毎日、我に必要な魔力を供給すること』

「断る！」

『まあ、話を最後まで聞け。魔の森は我のせいでおかしくなってしまったようなのだ。我があのまま頂点にい続けると、この村だけでなくもっと広範囲に影響が出てしまうだろう』

このドラゴンの要求を呑まないと、エルドラド領やベルファイア王国全体にも影響が出てしまうということらしい。

『我は、この森を正常化させるために力を尽くそうと思う。そのためには、まだまだ増えすぎてしまった大型種の間引きも必要になるし、そもそも我があの場からいなくならねばならない。しかし、我は魔力の豊富な土地でしか暮らすことができない。あの場所は龍脈が流れており、我が心地よく過ごせる場所であった。その場所を捨ててまで、お前ら人間のために森の正常化に手を貸そうと言っておるのだ。言っていることはわかるな？』

つまり、魔の森の正常化を手伝うから、ここに棲まわせろ。あと、魔力いっぱいないと暴れるから毎日忘れずに魔力供給しろよな。ってことか。

「村人が怖がるので、少し離れた場所に移動してもらえませんか？　近くに川リザードマンがのんびり暮らす、のどかでとてもよい場所があるんですけど」

『却下だ。我はこの湖もとても気に入っている。中央の浅瀬は気に入らなかったが、深くしておいた。それに人間の住む村にも興味がある。我の大きさが気になるのなら、体は小さくしてやろう。これ以上は譲らぬ。魔力供給も譲らぬ』

　ちっちゃくなれるのかよ……

　それなら、そこまで怖がられないのかな。でも、羊やラリバードとかに、近くにドラゴンがいることでどんな影響が出るかわからない。

「ちなみに、魔力供給ってどのくらい必要なんですか？」

『お前の魔力の半分ぐらいだ』

「多すぎるよ！　それじゃあ村に何かあった時に、僕が戦えないじゃないか」

『うるさい、ポーションを飲め。小僧は錬金術師であろう。それに、この村に何か危機が迫ることがあるのなら、我が手を貸してもよい。ここは我の棲む場所にもなるのだからな』

　あれっ？　これはドラゴンが味方になってくれるということか。

　おそらくこの世界にドラゴン以上の脅威はありえない。つまり、上手く付き合っていきさえすれば、極上のスローライフが訪れるのかもしれない。

「わ、わかった。と、とりあえずだけどね。ここで生活している人や動物たちの影響とか考えながら、改善してもらうこともあるかもしれないからね」

『うむ。では契約だ。小僧、左手を出せ』

ドラゴンから光の球体が飛んでくると、僕の左手に吸い込まれるように入っていき、手の甲には契約の証《あかし》なのか、見たこともない紋章が刻まれていた。

この紋章はあれかな。魔力供給しなかったら、僕、死ぬ的なやつなのかな。

『どれ、我も約束通り人の姿に近づいてやろう。これなら我に怯える必要もあるまい』

そうして、人の姿に近づいたドラゴンさんは湖を優雅に泳いでいる。その姿になるなら、川リザードマンのとこに行った方がいいんじゃないかなと思うんだけど。

「って、ドラゴンさん！　む、胸、胸を隠してもらえるかな！」

『むむ、人間はそんなことを気にするのか、しょうがない、これでいいのだろう』

鱗が盛り上がっていき、ドラゴンさんの胸を覆うように隠していく。何で最初からそうしなかったのか。痴女《ちじょ》なのかな。

それにしても、まさか狂暴なドラゴンさんが女性だったとは……いや、七百五十歳のばばあだったな。

『むっ？』

「何も思っていませんし、考えておりません」

今後ドラゴンさんのことは、僕の中で勝手ながらネッシーではなく、ネシ子と呼ぶことにしよう。

「待て、その召喚紋《しょうかんもん》の説明をしておこう」

どうやらこの左手の紋章は召喚紋というらしい。ドラゴンさんの好きな時に呼び出されてしまうのだろうか……

負けてしまったとはいえ、いつ召喚されるのかわからないのって、なかなか精神的に来るものがあるな。召喚獣、とっても不憫《ふびん》。

「これはどのような紋章なのでしょうか？」

「それは小僧、クロウが困った時に我を呼び出せる召喚紋だ。お主の魔力があればそうそう困ることにはならないと思うが、人間というのは弱いからな。危機があればその紋章に魔力を込め、我を呼ぶといい」

奴隷のように呼び出されて働かされるのかと思いきや、どうやら僕の方からネシ子を呼び出せるものらしい。

「魔力を込めて呼び出せる……何でまたそんなことを？」

「我が棲む場所は龍脈の流れる良質な魔力でなければならぬ。あの場所に棲めぬ以上、他の場所を探さねばならん。しかし、そう簡単にふさわしい場所が見つかるわけでもない」

良質な龍脈には、すでに他のドラゴンさんが棲んでるわけで、探すのはなかなか骨が折れるとのこと。そんな時に矮小な人間ながら良質で豊富な魔力を持つ僕を発見したと。

「つまり引っ越し先が決まるまではここにいて、その間は魔力供給してくれる僕に死なれては困るということですね」

「理解が早くて助かる。先ほどの契約は、お主が我に毎日魔力供給をすること、その代わりクロウが困った時に、我が召喚に応じて助けることが決められておる」

ふむ、思っていたよりも悪い契約ではなさそうだな。もっと酷い感じを予想していただけに拍子抜けの感じすらある。

「ネシ子、来い！」

優雅に泳いでいたドラゴンさんが、いきなり僕の目の前に現れた。

「お前、舐めてるのか？」

僕を見上げるように地面の上を泳いでいる感じで、そのまま召喚されてしまった。

「あっ、いえ。実際に呼ぶと、どんな感じでくるのかなーと思いまして。ほらっ、危険な時に初めて呼ぶのもよくないかと思いまして」

「まあ、それもそうか。ところで、クロウ。その、ネシ子というのは我の名であるか？」

「嫌だったら心の中だけで呼びますけど……」

「い、いや、名前をつけられたことがなかったのでな。ネシ子か。わ、悪くない名だな。この名に意味はあるのか？」

「この湖の名がネス湖だからです。偉大なる湖には、主と呼ばれる生物が存在すると言われております。ネス湖に住む偉大なるヌシをもじりまして、畏れながらネシ子とさせていただきました」

「ほう、偉大なるヌシか。気に入ったぞ、クロウ。これからも我をネシ子と呼ぶがいい」

危なかった。つい、心の中の声が漏れてネシ子の名前で召喚してしまった。適当に理由をつけたら喜んでくれたので助かったな。


さて湖から戻ろうとすると、木陰に隠れるようにしてセバスがこちらを見ている。そして村人も数名、遠巻きに様子をうかがっている。

僕が釣りをするために、いや、村の憩いのために造った湖だったのに、ネシ子が棲むとなると気軽に水遊びとかできなくなるもんね。

今は寒い冬なのでそう水遊びすることもないとは思うけど、夏までには何か考えた方がいいかもしれない。


「クロウお坊ちゃま、どのような話でございましたか？」

「うん、ネシ子がここにしばらく棲むことと、僕が毎日、魔力供給をする必要があること、あとはこれのことかな」

「魔法紋《まほうもん》でございますね」

「そうともいうのかな。ネシ子との契約みたいなもので、僕が魔力供給する代わりに、困った時にこの紋章でネシ子を呼び出すことができるんだ」

「ほう、呼び出しができるのでございますね。ちなみに、そのネシ子というのはあのドラゴンのことでしょうか？」

「あー、うん。名前がなかったみたいで、僕が適当に名づけしたら喜んでくれた」

「そ、それはまた。ドラゴンに名づけをした初の人類になるでしょうな……」

そんなたいそうな話ではない気がするんだけどな。

「ある意味で、ネスト村の防衛力は王国最強になったのかもしれないね。ネシ子が次の引っ越し先を見つけるまでだけど」

「概ね理解いたしました。それでは、私はネシ子様ともう少し詰めた話をさせていただきましょう。この村に棲むということは、一応は村人になるということですから」

そうか、ネシ子、村人になるんだな……

「そ、そうか。あまり怒らせないように気をつけてね」

「心得ております。とはいえ大丈夫でございましょう。ネシ子様は現在、棲む場所がないのです。こちらを無下に扱うことはないかと思われます」

「そ、そうだね。じゃあ、僕はローズの家に謝罪に行ってこようかな」

「ご武運を」

ローズの家に行くのに、何で武運を祈られなければならないのだろうか。

よく考えてみたら僕は伯爵家の息子で、ローズは子爵家の娘。家格というものが違うのだ。しかも現在はこちらが面倒を見て、家まで用意してあげている状況。

ずっと正座しているディアナには悪いが、ここはあえて忘れていたことにするのはどうだろうか。

「よし、お腹が減ったし、広場の屋台で買い食いでもするか。おばちゃん、チーズバーガーとポテチのセットを一つ」

「それと同じ物をあと二つ追加してちょうだい。お代は一緒でいいわ」

「なっ！　ローズ」

さ、先回りされていたか。

［領地情報］　ネスト村
［人口］　四百名
［備考］　アイスドラゴンが棲み着いた

◇

新作のチーズバーガーセットを三つ買ってローズの家に行こうとすると、村人たちが何か言いたげに僕たちを見ていた。

さっきまで存在感をあらわにしていたドラゴンの姿が急に見えなくなったので、どういうことなのか知りたいのだろう。

広場から見てもあの巨体はかなりの迫力だった。

まあ、実際には消えたわけではなくて、人型に姿を変えているだけなんだけど。

僕は村人たちに向かって告げる。

「ドラゴンはここで暮らすことになった。今はその姿を人の形に変えているから、見えなくなってるんだけどね。細かい話はあとでセバスがするから、それまで待っててもらえるかな。それから、ドラゴンはネスト村の味方になっている。心配しなくても大丈夫だよ」

「な、何と、ドラゴンがネスト村の味方に！」

村人がこの世の終わりのような顔をしている。領主としては少しでも安心させたいんだが、これは無理だな。

味方ではあるけど、いつ理不尽な暴力を振るわれるかわからない状況。それでも、引っ越し先が決まるまでは大人しくしてると願いたい。

やっぱり魔の森に戻るよ！　とかなったら、全面戦争に突入する可能性もある。こういった気分的なものに左右されるのってすごく困る。

ローズの邸にやって来ると、ローズがため息交じりに言う。

「そこまで悪い話ではなかったのね」

「うん、とりあえずはね。とはいえ相手がドラゴンだけに、今後何が起こるかわからないんだけどさ」

「じゃあ、食事を取りながら話をしましょうか。ディアナ、正座はもういいからすぐに紅茶を淹れなさい」

「かしこまりました」

ローズ邸の入口近くの地面の上で綺麗な正座をしていたディアナは、普通に立ち上がってキッチンにお湯を沸かしに行った。

それを見て、正座が罰になっていなかったことを理解したローズは眉間《みけん》にシワを寄せる。

「ねぇ、クロウ。ディアナの嫌がる罰って何だと思う?」

ローズ大好きディアナにとって受け入れがたい罰は、君から離れることと思われる。

しかし、それをローズに伝えることは僕にとって得策ではない。ディアナがローズとセットでいることで僕の自由時間は増えるのだから。

「そろそろ許してあげてくれないかな。ディアナは僕に命令されて従ったんだ。だから、話は全て僕が聞くよ」

「ふーん、そう。クロウも庇うのね。何だか気に食わないわね。いつからディアナはエルドラド家に仕えるようになったのかしら?」

ほほう、ディアナもディアナで僕のことを庇ってくれていたらしい。

「申し訳ございません、ローズ様。私が仕えているのはローズ様です」

この娘、ランブリング家には仕えてないって言っちゃってるよね。まあ、実際そうなんだろうけど。

「それなら、私の気持ちを汲《く》んで行動してもらいたいものだわ」

ローズの気持ち。今回の場合で言うと、ドラゴンとの戦いの最中に問答無用で逃がされたこと。自分が戦力と思われていなかったことが悔しかったのだろう。

「言っておくけど、あの場にローズが残っていてもドラゴンには絶対勝てなかったよ」

「そんなことわかってるわよ。私は騎士を目指しているの。ディアナ、騎士に求められることは何？」

「はっ、戦うことです。武をもって貢献し、礼をもって主君に仕えます」

「クロウ、騎士に求められるのは武勇と忠節なの。なかでも大事なのは敵を打ち倒す武勇」

騎士道精神ってやつか。言わんとしていることはわかるけど。

「それはローズが騎士になってから言ってよ。エルドラド家にとってネスト村にいるローズ・ランブリングは、あくまでも隣領からの大事な客人で、守るべき対象なんだ」

「そ、それはわかっている。でもね、みんなが大変な時に一人だけ逃がされるなんてやっぱり嫌なの。私はここにクロウのお荷物として来ているんじゃない。強くなるために来ているんだもの」

そもそもローズに騎士というイメージがまったく思い浮かばない。この少女は自由でいて、わくわくするような戦いの場を求める戦闘民族。近しいのは傭兵か冒険者だろう。

「ローズがそう思っていても、父上やランブリング子爵はそうは思ってくれない。この待遇が嫌なら帰ってくれ」

正論には正論をぶつけさせてもらおう。

ぷるぷると震えているローズ。十二歳の女の子を泣かせてしまったか……

「か、帰るわけないでしょ！　ここでの生活がどれだけ私を成長させていると思っているのよ。私はね、クロウのことを本当にすごいと思っているの」

あっ、違った。泣いてない。ただ怒っているだけだった。

いや、褒めてるのか？

「クロウの領地開拓は本当にすごい。きっとあなたは歴史に名を残すわ。私には逆立ちしたって真似できないことをやっている。同じ歳のクロウがここまでやっているのに……私だって、負けていられないじゃない」

歴史に名を残す人がスローライフを目指すわけないだろう。

それにしても、負けられないか……僕はそもそもスキル授与の段階で負けたから、ここにいるんだけどな。

まあ、ローズが貴族的な扱いが気に食わないと思っているのはよくわかっていたけど、それは無理というもの。やはり立場がある。

「ローズのことは頼りにしてるよ。疾風の射手は後衛中心だから前衛のできるローズとディアナがいることは助かっている。でもこれは勝ち負けじゃないんだ。残念ながら命の重みは人それぞれ違う。優先順位があることは理解してよ」

「それを言うならクロウも同じよ。何でも自分一人で解決しようとするのは領主としてはダメね。あなたがいなくなったら困る人は大勢いるの。もっと自分の価値を認識しなさい」

それは思いの外、グサッと刺さる言葉だった。確かに最近の僕は無理をしすぎている。ドラゴン相手に立ち向かう領主なんて物語の中だけなのだから。

「は、はい……」

十二歳の少女にそんなことを言わせるなんて、僕も反省しなければならない。あとでセバスにも同じことを言われそうだし。

「それから、私はもっと強くなって、クロウが心配しなくてもいいぐらいになってみせるわ。ディアナ、紅茶のおかわりよ」

「すぐにお淹れします」

考えを変えるつもりはないけど、ローズに対してはプライドを傷つけるようなことはせず、上手くやる手段を考えよう。

僕は大人な十二歳なのだ。

それから自分のことも考え直さなければならないね。

確かにドラゴン相手に無茶しすぎたのは反省点だ。

まあ、今後、これ以上の危険が起きるなんて考えられないから大丈夫だと思う。

ネシ子が味方である以上、ここからは予定通りスローライフが待っているのだから。やりすぎない程度に生活を充実させていこうと思うんだ。

月が導く異世界道中
Tsukiga Michibiku Isekai Dochu
あずみ圭
Azumi Kei
1~16
8.5
TVアニメ化！
2021年7月7日放送開始！
TOKYO MX・MBS・BS日テレほか
CV 深澄 真：花江夏樹
巴：佐倉綾音 澪：鬼頭明里
監督：石平信司 アニメーション制作：C2C
レシート応募プレゼント
キャンペーン実施中!!
2021年6月4日～2021年9月30日まで
詳しくはこちら
薄幸系男子の成り上がりファンタジー、開幕！
なんでだろう 親の都合で異世界へ
読者賞受賞作！
待望の書籍化！
●各定価：1320円（10%税込）
●illustration：マツモトミツアキ
1～16巻好評発売中!!
とことん不運、されどチート!!
シリーズ累計29万部
漫画：木野コトラ
●各定価：748円（10%税込）●B6判
コミックス1～9巻好評発売中!!

無能と蔑まれし魔術師、ホワイトパーティで最強を目指す

Muno to sagesumareshi majutsushi white party de saikyo wo mezasu

著 詩葉豊庸

Kotoha Toyonori

パワハラ幼馴染率いる

闇深《ブラック》パーティから

優良《ホワイト》パーティに移籍して

人生大逆転!?

「お前とは今日限りで絶縁だ!」

幼馴染のリナが率いるパーティで、冒険者として活動していた青年、マルク。リナの横暴な言動に耐えかねた彼は、ある日、パーティを脱退した。そんなマルクは、自分を追うようにパーティを抜けた親友のカイザーとともに、とある有力パーティにスカウトされる。そしてなんと、そのパーティのリーダーであるエリーが、実はマルクのもう一人の幼馴染だったことが発覚する。新パーティに加入したマルクは、魔法の才能を開花させつつ、冒険者として新しい一歩を踏み出す——!

●定価:本体1320円(10%税込)　●ISBN:978-4-434-29116-6　●illustration:十風

追い出された万能職に新しい人生が始まりました
①～⑤
AUTHOR:
東堂大稀
第11回
アルファポリス
ファンタジー小説大賞
“大賞”
受賞作!
隠れた神業で
皆の役に立ちまくり!
コミックシーモア主催
みんなが選ぶ!!
電子コミック大賞2021
男性部門賞受賞!
1～5巻
好評発売中!

追い出された万能職に新しい人生が始まりました
東堂大稀
アルファポリス
ファンタジー小説大賞
“大賞”
受賞作!
自分でも気付かない
隠れた神業で
皆の役に立ちまくり!

追い出された万能職に新しい人生が始まりました
1
東堂大稀
宇崎鷹丸
勇者パーティから追放された見習いには錬金術師の才能が眠っていました。
第11回アルファポリスファンタジー小説大賞 大賞 受賞作コミカライズ第1巻

「ざまぁ」なしで幸せを掴む大逆転ファンタジー!

勇者パーティを追い出されたケイン。だが、幼なじみである勇者達を憎めなかった彼は復讐する事なく、新たな仲間を探し始める。そんなケインのもとに、凛々しい女剣士や無口な魔法使い、薄幸の司祭などおかしな冒険者達が集ってきた。彼は"無理せず楽しく暮らす事"をモットーにパーティを結成。まずは生活拠点としてパーティハウスを購入する資金を稼ごうと決心する。仲間達と協力して強敵を倒し順調にお金を貯めるケイン達。しかし、平穏な暮らしが手に入ると思った矢先に国王に実力を見込まれ、魔族の四天王の討伐をお願いされてしまい……?

●各定価:1320円(10%税込) ●Illustration:サクミチ

建築会社勤務で廃屋を解体していた男は、大量のゴミに押しつぶされ突然の死を迎える。そして死後の世界で女神様と巡り合い、アレクという名で、ファンタジー世界に転生することとなった。貴族の次男坊として生まれたアレクの職業は、魔法が重視される異世界では底辺と目される『解体屋』。当初は魔法が使えず実家からの追放まで決められてしまう彼だったが、『解体屋』はモンスターを倒し『解体』することで、自己の能力を強化できるチート職業だと判明する——!

●定価:1320円(10%税込)　●ISBN 978-4-434-28890-6

●Illustration:ひげ猫

この作品に対する皆様のご意見・ご感想をお待ちしております。

おハガキ・お手紙は以下の宛先にお送りください。

【宛先】

〒150-6008 東京都渋谷区恵比寿4-20-3 恵比寿ガーデンプレイスタワー 8F
（株）アルファポリス　書籍感想係

メールフォームでのご意見・ご感想は右のＱＲコードから、
あるいは以下のワードで検索をかけてください。

アルファポリス　書籍の感想　検索

ご感想はこちらから

本書は Web サイト「アルファポリス」（https://www.alphapolis.co.jp/）に投稿されたものを、改稿、加筆のうえ、書籍化したものです。

不遇《ふぐう》スキルの錬金術《れんきんじゅつ》師《し》、辺境《へんきょう》を開拓《かいたく》する 2
貴族《きぞく》の三男《さんなん》に転生《てんせい》したので、追《お》い出《だ》されないように領《りょう》地《ち》経営《けいえい》してみた

つちねこ

2021年 7月31日初版発行

編集－芦田尚
編集長－太田鉄平
発行者－梶本雄介
発行所－株式会社アルファポリス
〒150-6008 東京都渋谷区恵比寿4-20-3 恵比寿ガーデンプレイスタワー8F
TEL 03-6277-1601（営業） 03-6277-1602（編集）
URL https://www.alphapolis.co.jp/
発売元－株式会社星雲社（共同出版社・流通責任出版社）
〒112-0005東京都文京区水道1-3-30
TEL 03-3868-3275
装丁・本文イラスト－ぐりーんたぬき
装丁デザイン－AFTERGLOW
印刷－図書印刷株式会社

価格はカバーに表示されてあります。

落丁乱丁の場合はアルファポリスまでご連絡ください。

送料は小社負担でお取り替えします。


ISBN978-4-434-29200-2 C0093